『若きウェルテルの悩み』を深掘りする

長谷川弘子［著］

晃洋書房

はじめに

『若きウェルテルの悩み』（*Die Leiden des jungen Werthers*）は一七七四年に出版された。昔の本である。作者のゲーテ（Johann Wolfgang von Goethe, 1749-1832）はドイツの町、マイン川沿いのフランクフルトで一七四九年八月二十八日に生まれている。この小説を書いたとき、ゲーテは二十四歳の無名の青年だった。若くて出版の経験もなかったので、小さな書籍業者の申し出を無条件に受け入れた。印税のことなど考えもしなかったらしい。装丁や紙質にもこだわらなかった。校正もきちんと為されなかったので、初版には誤植が多い。

とはいえ、驚くべきことに、この小説はとてもよく売れて、ベストセラーとなった。当時の読者にとっては、本当に衝撃的な本だったのだ。多くの人が涙ながらにこの本を読み、ウェルテルの服装を真似る人まで出たという。ゲーテの自伝によれば、この本を読んで「厄介な自虐的な態度」に陥ってしまった若者もかなりいたらしい。だが、『ウェルテル』は私たちとは遠く離れた国のむかしむかしの物語だ。服装や生活習慣、娯楽なども違うし、教育の目標や芸術的感性も異なる。なぜそんなに売れたのか、あまりピンとこない——そういう感じの人が多いのではないかと思う。

たしかにそうではある。しかし、とてもシンプルにいってしまえば、この本が売れたのは必然だった。まず当時の読者の生きていた世界が大変革期に入りかけていたという事情がある。だれもが落ち着かない気持ちで暮らしていたのだ。そんなところに、ある日ひとりの若者が自殺をしてしまったというニュースが伝わり、しばらくしてこの事件を物語る本が出る。人びとは好奇心にかられてその本を手にとる。ＳＮＳで刺激的な文面をつい読んでしまうような気楽な気持ちだった。

ここまではよくあることだったかもしれない。しかし、この先が普通とは違った。この本は人びとの内面の何かを覚醒させた。かれらは『ウェルテル』を読むうちに引きこまれていく自分を感じ、やがて自分の内心に広がっていた何か見たくないもの、闇のようなものを見てしまったことに気づいて愕然とした。もしくはなんとなく居心地の悪い思いをして不安になった。もちろん、頭から否定的な意見を持っていて、激しく攻撃をした人もいた。道徳的なお説教も雨あられのようにゲーテに降り注いだ。一方、書評には新しい情熱の書として『ウェルテル』を熱狂的なことばで激賞したものもあった。

その後、人びとのあいだには共感、興奮、反発、気持ちの落ちこみ、なかには憤りなどが、波紋のように広がった。公的機関による発禁処分も続いた。また小説のモデル探しなども熱心に行われて、この本は売れるとともに、なにかと問題を引き起こした。ここで作家は自分が〈なにかをしでかしてしまった〉と気づき、『ウェルテル』からは距離をとり、あっさりと別の道に突き進むことにする。これはゲーテに、逃避と行動、実践と結実というプロセスを踏んでいくという、前向きな生き方を導き出させることとなる。このような次第だ。いかにも人間的な話である。しかし、ここで通常と違ったのは、この小説を書いた人が正真正銘の才能ある詩人であったことだ。ゲーテの才能は大きかった。それゆえに『ウェルテル』はドイツ文学に新しい道を切り拓いたとされている。これはドイツ文学史の定説となっている。

この文学史の定説云々は学問の世界では重要なことだが、ここでは多くを語らない。ただこの本に対するゲーテ本人の考えのみを紹介しておきたい。じつはゲーテ自身は、この本には複雑な感情を持っていた。ながいあいだ『ウェルテル』を読むことはなかった、とさえ語っている。もちろん自分の全集にこの出世作を入れないわけにはいかないので、そのときは仕事として読んでいる。改訂もしている。だが、かれは自身のはじめての小説を得々として語ったりはしなかった。どちらかというと『ウェルテル』は、ゲーテにとっては忘れてしまいたい本の部類に入っていた、といえると思う。

なにしろ若い頃のゲーテは人の何倍も傷つきやすい人だった。『ウェルテル』を書き上げたときも、友人から思ったような評価の言葉が得られず、ひどく落ちこんでいる。原稿を燃やしてしまおうと一時は思ったくらいだ。出版後もこの問題作は賞賛されるとともに、ゲーテの心を傷つけるような事態を招くことが多かった。ゲーテが通った大学からも〈若者を惑わせる不道徳な本〉という理由で、『ウェルテル』の発禁処分が出ている。これはつらい思い出だ。それに『ウェルテル』成功のあと、ゲーテには『ウェルテル』の作家というイメージが強くついてしまった。だからなにかというとこの話が持ち出された。自分にとって不本意なことをあれこれ言われること自体、若いうちはとても不愉快なことだ。

しかし、年齢を重ねたのち、ゲーテは心を許した友人にむかって、自分は『ウェルテル』をペリカンのように、自身の心臓の血で育てたのだと、ちらりと本音を述べている（山下肇訳　エッカーマン『ゲーテとの対話』（下）43頁）。これは古代の伝説「ペリカンは自身の心臓の血でひなを育てる」からの発想である。くちばしで自身の胸を傷つけてその血をひなに与えるペリカンのイメージは痛々しく鮮烈だ。『ウェルテル』は、ゲーテが自身の傷に手を入れるようにして書いた本だった。ここでは、心のなかにあるもやもやしたもの、抑えきれない感情、執着、衝動がことごとく文字となっている。人間の表現しがたい内的感情が言葉になっているのだ。これが、『ウェルテル』のすごさであり、怖さだ。そしてなぜこの古い本についていま語るべきなのかの理由でもある。なぜなら、内心の闇を言葉で表現できれば、人間はそれを読むことができる。だから苦しくなくなるかというと、それは少し違う話になるのだが、言葉にすることで、人間はある程度の納得ができる。気が楽になるのである。『ウェルテル』は、青年が破滅していく過程を書いた本であると同時に、それを表現する言葉を通じて、人びとを絶望から引き離す本である。この本ではこのことを念頭に話を進めるようにしたい。

なお、『ウェルテル』には初版と改訂版があるが、ここでは、一七七四年の初版を使用して話をすすめる。初版と改訂版の違いは二、三の逸話の追加およびドイツ語の改訂程度にとどまる。だがこの小説が大きな波紋を社会に広げたのは初版出版時だったので、本書では初版を用いている。そこで初版と改訂版が著しく異なる場合は、必要に応じてその旨を簡単に述べるようにした。また、本書を読んで『ウェルテル』の当該箇所を探したい場合は、手紙の日付でわかるようにしてある。さらに必要に応じて、人名、地名、事柄のあとに、その解説がある項の数字を入れるようにした。

また、『ウェルテル』の翻訳は非常に多くあるが、入手しやすいのは新潮文庫の高橋義孝訳（1951）をはじめとする、文庫になっているものだろう。高橋義孝訳は改訂版を底本としている。初版の翻訳としては、ゲーテ全集（潮出版社）の神品芳夫訳を図書館などで探していただきたい。また、本書で使用したゲーテの自伝は、『詩と真実』（*Dichtung und Wahrheit*, 1811, 1812, 1814, 1833）であり、これも邦訳が先に挙げたゲーテ全集に収められている。なお、本書における引用箇所は、特に記載がない場合は著者が新たに訳したものである。

最後に、この本の出版を引き受けてくださり、編集の労をとってくださった晃洋書房の高砂年樹氏と福地成文氏に心からの御礼を申し上げる。

二〇二三年十一月

長谷川　弘子

目次

第二章　新しい町で再出発［第一部　1771年5月4日〜7月26日］

第四章　絶望の記録［第二部　1771年10月20日〜1772年12月23日］――117

『ウェルテル』主要登場人物

ウェルテル……市民の息子で高等教育を受けている。画家志望。

ウィルヘルム…ウェルテルの友人で文通相手。

ロッテ…………市民の娘で母親が亡くなったのち、弟や妹の面倒を見ている。家族は父親の願いにより、母親の思い出がつまった町中の家を出て、領主の狩猟用邸宅に住んでいる。

アルベルト……ロッテの婚約者。父親の遺産の始末をつけるため旅行中だったが、やがて戻ってくる。

ゲーテの滞在地　一七七〇年四月〜一七七四年四月

［シュトラースブルク（Straßburg）一七七〇年四月〜一七七一年八月］
ゲーテが法学生として滞在した町。この地でヘルダー（1744-1803）から大きな影響を受けて民衆の文学を志向するようになった。シュトラースブルクは独仏国境地帯のエルザス地方（フランス語でアルザス地方）にあり、独仏二カ国語が使用されてきた地域である。ゲーテがいた頃はフランス領、その後ドイツ領になったが、現在はフランス領ストラスブール（Strasbourg）となっている。本書では慣例にしたがってシュトラースブルクとしている。

［ゼーゼンハイム（Sesenheim）一七七〇年十月〜一七七一年八月］
シュトラースブルクの北東約三十キロメートルのところにある小さな村で、現在のフランス領セッセンハイム（Sessenheim）である。ゲーテの時代には、シュトラースブルクから馬で三時間ほどで行くことができた。ゲーテは一七七〇年十月に大学の友人に連れられてゼーゼンハイムを訪問し、フリーデリーケと知り合った。かれは、フリーデリーケへの愛をシンプルな美しい言葉で書き、ドイツ文学に新しい風を吹きこんだ。これらの詩は、ゼーゼンハイムの歌と呼ばれている。

［フランクフルト・アム・マイン（Frankfurt am Main）一七七一年〜一七七四年］
マイン川沿いのフランクフルト。神聖ローマ帝国直属の帝国都市で古くから大きな市が立つ町として栄えてきた。ゲーテはフランクフルトの上流市民階級の生まれで、父親は巨額の財産を持っていた。

一人息子で父の期待を一身に負って育ち、父の命により法学を学んだあと、故郷のフランクフルトに戻り弁護士業を開業。だが仕事より文学活動に身を入れて、一七七二年にはダルムシュタット感傷主義サークルに入り、フランクフルト学芸新聞に記事を投稿するようになる。一七七二年にヴェツラーで司法修習を行い、一七七三年に戯曲『鉄の手のゲッツ・フォン・ベルリッヒンゲン』を自費出版し、一七七四年二月から四月にかけて、フランクフルトで『若きウェルテルの悩み』を書き上げている。

［ダルムシュタット（Darmstadt）　一七七二年二月～一七七三年頃］

フランクフルトの北東約十六キロメートルのところにある。ゲーテは、一七七二年二月末頃に、ダルムシュタットの Kreis der Empfindsamen（感傷主義者のサークル）に初めて参加している。この集まりは、ヘッセン＝ダルムシュタット方伯妃カロリーネ（1721-1774）の庇護の下にあり、宮廷の女官を中心とした〈感じる心を持つ〉人びとの友情同盟だった。この友情同盟では読書の夜、月夜の散歩、ダルムシュタット郊外への遠出などの催しが活発に行われた。ゲーテはフランクフルトから徒歩でこの地に通い、楽しい時を過ごしたとされる。

［ヴェツラー（Wetzler）　一七七二年五月～九月］

フランクフルトの北約七十キロメートル地点にある神聖ローマ帝国直属の帝国都市で、一六八九年から一八〇六年まで帝国最高法院の所在地だった。一七七二年五月から九月にかけて、ゲーテはここで司法修習を行っている。ヴェツラーは『ウェルテル』成立と深い関係がある土地で、ここで出会った人たちが『ウェルテル』の主要なモデルとなっている。また、この町には『ウェルテル』ゆかりの人の博物館や史跡も多くあり、いまなお小説そのままの世界が広がっている。

第一章

小説世界の扉を開く

1項　小説の発想はどこから得たのか？

ゲーテは『若きウェルテルの悩み』の発想を、知人の自殺の知らせから得ている。このことは、自伝『詩と真実』第十三章にはっきりと書かれている。ゲーテは、当時は故郷のフランクフルトで弁護士業についていたが、一方では詩集や戯曲を自費出版のような形で出してもいた。本心ではかれは物書きになりたかったのだ。当時のゲーテは、気持ちが上下することが多く、ゆううつな気分に陥ることもあった。自伝には、自殺を試みてみようと思い、ベッドの脇に鋭い短刀を置いておき、寝る前にはその切っ先を自分の胸に当ててみた、という記述もある。しかし、実際にはもちろん自殺はせず、かれは「最後には大笑いをして心気症のしかめっつらは投げ捨て、生きる決意をした」のだった。ゲーテはこの体験を文にしようとしたが、そのための「出来事」や「あらすじ」がまだなかったという。このあとに次の部分が続く。

そのような折り、私はイェルーザレムの死の知らせを聞いた。そしてみなのうわさ話を聞いた直後、この経過に関するきわめて正確で詳細な記述を読んだのだった。この瞬間に、ウェルテルのプランが見いだされた。全体が四方から集まってしっかりした塊になったのだ。容器の中の氷点に達している水を、ほんの少し揺らすと、瞬時に固い氷に変化するように。このめったにない成果をしっかり捉えて、非常に意義深い多様な内容を目前に浮かべ、その部分部分のすべてを仕上げることは、私がまたばつの悪い状態に陥っていただけになおさら重要だった。（『詩と真実』第十三章）

イェルーザレム（1747-1772）は、ゲーテが一七七二年五月から九月までヴェツラーの帝国最高法院で司法修習をしていた時の食卓仲間で、ブラウンシュヴァイク公使館書記官だった。自殺の原因は仕事上のトラブルと人妻への愛だったという。一七七二年十月二十九日、イェルーザレムはヴェッツラーで自殺におよび、翌日亡くなった。このときゲーテはすでにヴェッツラーでの司法修習を終えてフランクフルトにいたが、知らせを聞いて、十一月六日から十日にかけてヴェッツラーに一時戻っている。ここでゲーテは、イェルーザレムが自殺する前に書いたメモを見せてもらっている。これは、ケストナー（1741-1800）宛に書いたものだった。

ケストナーは、当時はハノーファー公使館書記官で、ゲーテとイェルーザレム両方の知人だった。メモの内容は、旅に出るのでピストルを一丁貸してほしいというもので、この拳銃でイェルーザレムは自身を撃っている。メモを見たあと、ゲーテはケストナーに事件の詳細をまとめた報告文を書くことを依頼する。これが先に引用した文の「この経過に関するきわめて正確で詳細な記述」である。

じつは、このケストナーは、『ウェルテル』の重要な登場人物のモデルでもある。偶然のことだが、ゲーテはヴェッツラー時代に、ケストナーの婚約者シャルロッテ・ブッフ（1753-1828）、通称ロッテに横恋慕をしていた。つまり実在のロッテとケストナーは、小説のヒロイン、ロッテとその婚約者アルベルトのモデルなのである。

このように、ゲーテは、登場人物、場所、事件の概要など外面的なことは、ほとんどすべて現実世界から取っている。これが当時の人びとの好奇心をかきたて、いろいろと面倒なことを引き起こした一因だ。この「面倒なこと」とは、より正確にいえば、フィクションとして書いたことを読者が〈本当のこと〉として受容したために生じた。つまり、ゲーテが想像していたよりもずっと多くの人が『ウェルテル』を実録として読み、登場人物は誰なのかという詮索に走ったのである。結果としてこの書簡体小説のモデルと見なされた人たちは、現在でいえばプライバシーの侵害を受けることとなった。これは小説が現実世界から題材を取ったときの負の側面だ。

とはいえ、イェルーザレムの自殺という事件から小説の「出来事」や「あらすじ」を得たことは、プラスの面も持っている。それは、『ウェルテル』の構成に揺るがない堅固さがあることだ。自殺に向かう行為に必然性があるのだ。これがこの本の怖いところでもある。

2項　構成はどのように作られているのか？

この本のジャンルは書簡体小説で、〈手紙を編んで作った本〉という体裁になっている。手紙なので一人称で書かれている。さらにこの本の手紙は、差し出し人のウェルテルの手紙のみでできている。手紙の相手はかれの親友のウィルヘルムなのだが、ウィルヘルムの手紙はない。物語は一七七一年の春に始まり、一七七二年の冬に終わる。春夏秋冬の四つの季節を二巡するようになっている。本を開くと短い前書きがあり、さらに頁をめくると、一番最初の手紙がある。日付は一七七一年五月四日となっている。ゲーテはすべての手紙にきちんと日付を入れている。本をめくって日付を追ってみよう。時が刻々と流れていくのがわかるだろう。

全体は二部構成となっており、第一部は出会いと別れ、第二部は挫折と放浪、迷いと再会、そして破滅、という流れになっている。さらに第二部の最後には、事件の報告文が置かれている。だからウェルテルがかろうじて幸福なのは第一部の一七七一年の春と夏のみだ。その後、第二部に入ると、かれの不幸はどんどん色濃くなっていく。そして読者はウェルテルの手紙でことの成り行きを知らされる。手紙にはウェルテルの声が反響している。読みすすめるうちに、知らず知らず物語に絡みとられる仕組みだ。かれの身におこる不幸をわがことのように思い、そして、話が深刻なことになっていくのを感じるのだ。

そして、この明るい見通しがない物語にいわば決着をつけるのが、最後の報告文だ。この報告文はとても効果的である。タイトルは「編者から読者へ」だ。つまり、この部分の書き手は『ウェルテル』の編者だという体裁なのである。なぜ最後の部分が報告文なのか？――それは、この報告文がウェルテルの自殺の記録だからだ。つまり、ウェルテルはもう手紙を書くことができないのだ。ここで読者はウェルテルの声を失い、衝撃を受ける。つまり、ウェルテルの運命を悟るのである。この時点から、ウェルテルは報告者によって〈かれ〉と呼ばれる身になるのだ。

かくしてこの小説の語りは報告調の三人称を用いるようになる。とはいえ、ゲーテが巧みだったのは、ここにウェルテルの手紙の断片と叙事詩『オシアン』からの引用を入れたことだろう。つまり、ウェルテルが遺した手紙と叙事詩という別々の架空空間の挿入によって、客観的であろうとする三人称の語りが揺るがされるのだ。この空間の歪みのようなものがクライマックスを呼びおこすのである。

しかし、この小説の終わり方は意外なものだ。報告文は、ウェルテルの棺が町の外に担ぎ出されるところでぷっつりと終わる。最後の文は、「聖職者はだれも付いていかなかった」である。――Kein Geistlicher hat ihn begleitet. この文は現在完了形である。この結末部の現在完了形に関しては、林久博『対訳 ドイツ語で読む「若きヴェルターの悩み」』を紹介したい。ここで林は清野智昭『中級ドイツ語のしくみ』（102頁）を引用して、ドイツ語の「過去形と現在完了形の視点」の違いを指摘している。これを私なりに説明すると、ドイツ語の過去形は過ぎ去って歴史となった物語を書くときに用いるが、現在完了形は過去に起きたことが現在の時点でも〈心に残っているとき〉に用いる、ということだ。『ウェルテル』の「編者から読者へ」の語りは過去形だが、最後の一文のみ現在完了形である。これに関して、林は「読者からすれば、編集者に誘われてこれまで過去の出来事に浸ってきたわけですが、突如、現実へと引き戻されたということになります」（147頁）と書いている。

じつはこの『ウェルテル』の最終文はケストナーの報告文にあった文を、ゲーテがそのまま一字も違えず使用したものである。ただゲーテが優れていたのは、自殺を罪とするキリスト教世界の冷たさを示すこの文を、「編者から読者へ」の最後に置いて後日譚や説明を付けなかったことだ（ケストナーの報告文では、この文のあとにその他の報告が書かれていた）。この最終部を映像にしたら、おそらく墓場に向かう葬列の参列者を映し、聖職者がいないことを示し、突如ブラックアウトするという流れになるだろう。この短い一文で、ゲーテは人びとの心に余韻を残したまま、ウェルテルの世界を封印したのである。

3項　ゲーテはどんな人だったのか?

イェルーザレムの事件の報告文を書いたケストナーは、ヴェッツラー時代のゲーテに関しても報告文を残している。これは友人宛に書いた手紙の下書きで、一七七二年秋にまとめられている。少し紹介したい。

この春当地にフランクフルトからゲーテという人がやってきた。職位は法学博士で二十三歳、非常に裕福な父親の一人息子だ。目的はここで研修を行いながら職探しをすることだ。これは父親の意図だ。しかし、本人はホメロスやピンダロスなど、かれの生まれつきの才能、思考のあり方や心が誘われることをさらに学んでいくつもりだ。
［1772年秋、ケストナーの手紙の下書き］

続いてケストナーはこの若者はヴェッツラーの文学、哲学、美術に携わる人びとからすぐに仲間として、フランクフルトの新しい新聞の共同執筆者として、受け入れられたと書き、しかし自分はこのような人たちとは付き合いがないので、ゲーテと知り合ったのは偶然のことだった、としている。この偶然はケストナーが友人に誘われてヴェッツラーからガルベンハイム（Garbenheim）に散歩に出かけたときに起きた。この「ガルベンハイム」は、『ウェルテル』のワールハイム（31項を参照されたい）のモデルとされている。「散歩」というのは日本語の感覚だと気晴らしに公園をぶらぶら歩くという感じだが、ドイツ語の「散歩」（Spaziergang）はもう少し広義の言葉で、野原を二時間程度歩くことも散歩にあたる。要するにどこか目的地に行くために歩くのではなく、歩くために歩くという意味であり、かなりの距離を歩くこともある。

ケストナーがガルベンハイムで見たのは、一本の木の下で草の上に仰向けに寝転んでいるゲーテの姿だった。かれは、この姿勢のままで、まわりに立っている数人とエピクロスの哲学に関して話しているところで、よい機嫌に見えた。あんな姿勢で出会ったのを、のちにゲーテがうれしく思っていたともケストナーは記している。この報告文は一気に書かれたのではなく、少し時間を置いて書き足された部分もある。このときケストナーはゲーテをかなりよく知るようになっており、次のように書いている。

かれは、いわゆる才能というものを持ち、さらに人並みはずれて生き生きとした想像力を持っている。かれは激情にかられることがある。気高い考え方をしている。なかなか気骨がある。子供を愛していて一緒に遊ぶことができる。風変わりで、かれの振る舞いや外見は場合によって異なり、感じが悪いこともある。しかし、子供や婦人などと一緒のときは、機嫌がいい。

かれは、他の人に気にいられるか、それが流行なのか、礼儀作法が許すのか、などはいっさい気にせず、思いついたことを行う。あらゆる束縛を嫌っている。

そのほかにケストナーが書いているのは、ゲーテが女性に敬意を払っていることと、ゲーテの話し方についてだ。ゲーテは比喩やたとえを使って話すが、本来言いたいことをまだ言えないでいて、将来は考えていることを表現できるようになりたいと思っている。――まとめとして、ケストナーは次のように指摘している。

基本的にかれはまだ成長しきっていない。今はある種の体系を求めて努力しているところだ。これに関してかれはルソーを高く買っているが、ルソーの盲目的な崇拝者ではない。

ケストナーのゲーテ評は全体的に好意的で、本を多く読み知識があり、理性的に考える人だと結論づけている。パンのための学問ではなく、文学や芸術の領域で作品を生み出している、としているのも興味深い。

4項　シュトゥルム・ウント・ドラング？

『ウェルテル』は、ドイツ文学では、シュトゥルム・ウント・ドラング（嵐と衝動）の気運に火をつけた衝撃の書、といったニュアンスで語られることが多い。しかし、じつはシュトゥルム・ウント・ドラングはとても定義が難しい言葉である。手塚富雄・神品芳夫『補遺ドイツ文学案内』を読むと、「嵐と衝動」は十八世紀ドイツ啓蒙主義の硬直に対する「強烈な反抗運動」だったが、「フランスにおけるように現実的な変革の方向をとらずに、ただ心内のエネルギーの沸き立ちという形になった」（60頁）とある。

この理由は、当時のドイツが三十年戦争（1618–1648）の戦禍のために、ヨーロッパの政治的後進国になっていたことにある。フランスのようなパリを中心とする中央集権の王国とは違い、当時ドイツとみなされていた地域は大小さまざまの領邦に分かれており、それらが神聖ローマ帝国の大半を占めるという状況だった。たまたま生まれた国の領主がどんな人物なのかによって、その人の人生の大半が決まるような地域だったのだ。しかし、この抑圧や制限が大きければ大きいほど「心内のエネルギーの沸き立ち」の度合いは高かった。このため、この時期にゲーテを始めとする新しいドイツ文学の担い手が登場したのである。

以上が、手塚のシュトゥルム・ウント・ドラングの説明である。なお、少し説明を加えると、「フランスにおけるように現実的な変革の方向をとらずに」とは、シュトゥルム・ウント・ドラングは、フランスのような市民革命を起こす一因とはならなかった、ということだ。つまり、手塚の前提は、シュトゥルム・ウント・ドラングの文学活動の根底には当時の社会体制への激しい抵抗精神があったが、そのエネルギーは実世界の政治の変革には結びつかなかった、というものだ。この前提のもとで、手塚は、行き場を失った抵抗精神のエネルギーが作家の内面に向かい、強い内面性を持った、新しいドイツ文学を生み出したと説明しているのである。

では ゲーテ自身は、この時期についてどう考えていたのか。かれは、次のような説明を自伝でしている。まず、当時の書籍業者たちの裕福な暮らしに比較すると作家たちの生計は楽ではなかったが、ゲーテたち若者は雑誌などを通じて情報交換をしていた。その活動は以下のようなものだった。

この双方向的な、常軌を逸するまでに行われた息もつかせぬ活動は、ひとそれぞれに喜ばしい影響を与えた。多くの若者たちが、自由で胸を膨らませ、理論的指導者などなしに、各自の生まれつきの特質にしたがって、なにかを配慮したりもせず、駆り立てられるように、渦巻く興奮のなかで創作を行い、主体的かつ受動的に活動し、互いに影響を与え合っていた。このことから、あの世に知られた、有名だがとかくの風評があった、文学エポックが生じたのだった。（『詩と真実』第十二章）

つまり、ゲーテはあの「文学エポック」を、多くの若者たちのなかから自発的に生まれた、自由でエネルギッシュな共同活動が生じた時期、とおおまかに考えていたのだ。「理論的指導者などなしに」とあるのは、おそらくだれかひとりの抑圧的な、ボス的な理論的指導者の存在がなかったということだろう。もちろん、この活動の思想的リーダーはヘルダーだったが、かれは決して権威的人物ではなかった。ヘルダー自身が当時は眼病に苦しみ、安定した職を探していた三十前後の若者だったのである。

なお、シュトゥルム・ウント・ドラングは、日本では〈疾風怒濤〉と訳されることもあり、この〈しっぷうどとう〉という勢いのある語感ゆえか、剣道をテーマにしたスポ根漫画のタイトルになったりもしている（盛田賢司『しっぷうどとう』1996年から1998年までビッグコミックスピリッツ』に連載）。この漫画が書かれた頃はドイツ文学の認知度が今より高かったので、読者はこの題名を見て「ああシュトゥルム・ウント・ドラングね」とうなずいたのかもしれない。現在では、この長いカタカナのドイツ文学専門用語は、残念ながら若い世代の人びとにはなじみのないものになっている。

5項　ヒロイン、ロッテのモデルはだれなのか？

ロッテのモデルは三人いるとされる。一七七〇年四月、ゲーテは法学の博士論文をまとめるために、フランス領シュトラースブルクに赴いた。父の命令だった。同年十月、ゲーテは友人とふたりで近郊の村ゼーゼンハイム（現在はセッセンハイム）へ小旅行に出かけ、牧師館の娘のフリーデリーケ（1752?-1813）に出会う。彼女との交際はやがて周囲の人たちに知られるところとなった。

自伝によれば、ゼーゼンハイムはライン川に近く、周囲の景色もよく、エルザスワインの酒倉やぶどう畑、山盛りのごちそう、ダンス、また船遊びなどに興じることができた。ライン川の中洲の漁師小屋で魚釣りを楽しんだりもできたという。ふたりは、ときには手に手をとってそのような集まりを抜け出して、「あの人気のない広場で心からの抱擁を交わし、心の底から愛していると互いに変わらぬ愛を誓った」（『詩と真実』第十二章）。あるときはゲーテがシュトラースブルクに戻る際に、フリーデリーケは周囲の目を気にせず、友人や親戚にするような別れのくちづけをしてくれたという。幸福だった、とゲーテは書いている。ゲーテはゼーゼンハイムで多くの詩を書いている。またこの経験が『ウェルテル』にも影響を与えている。

さて、次にロッテのモデルとして挙げるのは、1項で言及した、ヴェツラーのシャルロッテ・ブッフ、通称ロッテである。この実在のロッテと小説のロッテとの同一性はかなり高い。ゲーテがロッテに出会ったのは一七七二年六月九日、かれの叔母が催した舞踏会の会場でのことだった。このときロッテはすでにケストナーと婚約していた。『ウェルテル』と同じように、ゲーテとロッテも夜通し踊り明かしたという。実在のロッテの家族構成なども そのまま『ウェルテル』で使用されている。趣味や服装もそっくりだ。なによりロッテという名前も同じなので、彼女が小説のモデルなのは誰も否定できなかっただろう。違うのは、話が悲劇で終わるか、終わらないかの点のみだ。

実在のロッテの人生では、ゲーテが『ウェルテル』を出して有名作家になったために、多少の迷惑は被ったにせよ、万事が順調に進んで小説のような悲劇は起こらなかった。当然のことだろう。しかもケストナーは宮廷顧問官にまで出世し、ふたりは十二人の子供にも恵まれて、ハノーファーの上流市民として人びとの尊敬を受けて暮らしたという。

最後に、三人目のモデルとして、黒い目のマクシミリアーネ（1756–1793）に少し触れておきたい。ゲーテは一七七二年九月にヴェツラーを去って、ラーン川からライン川に小舟で入り、そのままコブレンツまで行っている。旅の目的は新進作家のラ・ロッシュ（1730–1807）のサロンを訪ねることだった。この人は一七七一年に書簡体小説『シュテルンハイム嬢の物語』を出し、当時まさに日の出の勢いにあった。

このサロンで、ゲーテはラ・ロッシュの娘のマクシミリアーネに出会った。彼女は美しい黒の巻毛と黒い目の絶世の美女だったという。ゲーテは自伝で彼女の目を「真っ黒な目」（『詩と真実』第十三章）と書いている。ロッテの目が黒いのは、このためとされている。ゲーテは自伝で彼女を「昇っていく月」、ロッテを「沈んでいく夕陽」と例え、月と夕陽の光の二重の輝きを見たと書いている。マクシミリアーネは、このあと一七七四年一月にフランクフルトの豪商ブレンターノに嫁いでいる。ゲーテは、婚家を頻繁に訪れて夫の機嫌を損ねたという。これはちょうど『ウェルテル』の執筆時にあたっている。

なお、このマクシミリアーネとブレンターノの間には十二人の子供が生まれ、四人が早世している。マクシミリアーネは三十七歳で若くして亡くなっており、ゲーテとの文通などは残されていない。しかし、彼女が残した子供たちからは、ロマン派の詩人クレーメンス・ブレンターノ（1778–1842）やゲーテとの往復書簡を出版したベッティーネ・フォン・アルニム（1785–1859）などの文学者が出ている。ブレンターノ家とゲーテのつながりは長く続き、ゲーテはライン地方を旅行する際にはブレンターノ家を訪れて、楽しい社交の時を過ごしている。

6項　ウェルテルはストーカーなのか？

『ウェルテル』に対するよくある批判は、「これは女の人に迷惑をかけるストーカーの話ではないのか」である。現代の日本人は人権意識が高く、またハラスメントに対する憤りも大きい。それに私たちの社会ではなによりも〈気配り〉や〈思いやり〉が大切だ。経済産業省が発表した社会人基礎力のひとつは「チームで働く力」である。私たちは子供の頃から、武者小路実篤の「仲良き事は美しき哉」をよいと思う感性をすりこまれている。横並びが好きだしそうしていれば安心だ。自分のことばかり言いつのる人は、場を乱すとされる。だから『ウェルテル』を読むとなにか腑に落ちない気持ちになる。ウェルテルは、とても自己中心的な主人公なのである。

まずウェルテルは、ひとりが好きな人間である。自分の気持ちを抑えることができず、自分を変えるという目標も果たせない。一度はロッテのそばから離れて別の町で働き始めるのだが、社交の席での失敗のため仕事を辞すると、ロッテのそばに舞い戻ってしまう。やり直すこともできず、ただ暗闇に落ちていく。最愛の人を悲嘆に陥れ、友人の気持ちも踏みにじる。そこで現代人の心には、「なんでそんなことになるのか、ロッテの気持ちも考えろ、しっかりしろ」といった、なにか許しがたい気持ち、つまりウェルテルに対する一種の拒否反応が生まれる。

なんとなく気持ちはわかる。とはいえ、ここではその気持ちをぐっと押さえてほしい。なぜなら、そうしないと、小説の面白さが半減するからだ。文学の大前提は、どんな本であっても面白く読む、ということである。これは一種のスキルである。この際に重要なことは、まず自分に言い聞かすことだ。一番いいのは、『ウェルテル』はオペラや歌舞伎と同じなのだ、だから理不尽さには目をつぶろうね、と自分を納得させることだ。つまり、理不尽さを楽しむ覚悟を持とう、ということだ。『ウェルテル』は本当の話ではなく、単なる〈お話〉なのである。

これはどういうことかといえば、たとえば、オペラでは絶世の美女が犯罪的なまでにひどい仕打ちを受けることがよくある。また、する必要がないと思われる自己犠牲をみずから進んで選ぶこともある。罪もないのに残酷にも処刑される登場人物もいる。歌舞伎も同じで、なぜ主君のために大切な子供を殺さなくてはならないのか、なぜそんなことで心中するのかなど、現代人には納得できないことが多い。

だが、悲劇的なオペラや歌舞伎のポイントは筋だけでなく、避けがたい定めに泣く人のつらさや悲しみなど、〈内的感情〉の揺れ幅の大きさなのである。悲劇というジャンルでは〈人間の悲痛な内心がいかに表現されているか〉がポイントとなる。ギリシア悲劇でも同様に、実の父親を殺し実の母親と婚姻する、という最大限の不幸が〈設定〉されていたりする。基本的に〈悲しければ悲しいほどいい〉という約束事でできているのが悲劇である。

じつはウェルテルの世界も同様である。かれの絶望は深い。他人のことなど配慮できないほど深いのである。自分の世界が崩れるとき、人は〈気配り〉などしていられないのだ。自分の世界のみが目前にあって、それだけで手一杯なのである。これは、そのような状況に陥っていくウェルテルの〈心〉を描いたフィクションであり、〈気配り〉や〈思いやり〉を教える本ではない。「女の人に迷惑をかけるストーカー」という〈読み〉を楽しむ方法もあるが、私のお勧めは、かれが感じる世界をそのまま受けとめて読んでみることだ。なぜなら、『ウェルテル』は先に書いたように人間の〈心〉を描いた作品だからだ。ウェルテルが生きる環境や当時の教育や思想などは現代と異なるが、かれの愛する気持ちや悲しみは今も変わらず読者の心を打つ。これは情報科学が発達してデジタル化が急速に進む現在にあっても変わらない。いや、むしろ現代にあってこそ、その価値が高いといえるかもしれない。なぜなら、『ウェルテル』は、生身の人間がインターネットやＡＩ（人工知能）の手助けなく書いた小説であり、まさに人間の力だけで世界を把握することに挑んだ作品だった。人の内面ほど深いものはないのである。

7項 【ネタバレあり】のジャンルとは？

インターネットの読書案内やドラマの感想などを見ると、【ネタバレあり】という警告が付いているものがある。読み手への気配りである。たしかに警告もなく小説やドラマの筋を言ってしまうなんてありえない。楽しみが台無しになってしまう。けれども、『ウェルテル』では、ネタバレはしかたがない。なぜなら、とても有名な話であるし、そもそも書簡体小説というジャンルがネタバレを容認しているのだ。

この書簡体小説というジャンルは、十八世紀に〈市民のための文学〉として盛んになったものだ。ドイツでは、イギリス感傷主義の書簡体小説の影響が大きかった。ゲーテが生まれたフランクフルトは、書籍業が盛んな町であり、大きな書籍市が年に二回開かれていて、早い時期から英文学も輸入されていた。この書簡体小説のお約束ごとのひとつが、前書きを読むとその本のおおよその方向性がわかることだった。たとえば、『ウェルテル』の前書きは次のようになっている。

あの気の毒なウェルテルの物語について、見つけられるものはすべて手を尽くして懸命に集めた。この本でそれをお目にかける。感謝の言葉をいただけるはずだ。皆さんは間違いなくかれの精神とかれの人柄に賛嘆の気持ちと愛を抱き、かれの運命に涙をおさえられないことと思う。

そして、かれと同じようにあの強い衝動を感じる良き魂よ、そのような人はどうかかれの悩みから慰めを汲んでほしい。そして、ひとりの友人も見つけられないようなときに、この本を君の友としてほしい。

ここには「あの気の毒なウェルテルの物語」、「かれの運命に涙をおさえられないことと思う」、「あの強い衝動」とある。つまり、この前書きは、この本は悲しい物語で涙が出ます、と予告しているのだ。

このような書簡体小説の原型として、ドイツでは、女性たちが実際に書いた手紙を集めた書簡集が挙げられる。これらの本は、ゲラート（1715-1769）の『書簡集、および手紙における良い趣味に関する実践的な論文』（1751）の影響のもとに発展した。この著作は、「若い人、とくに女性を励まして自然な書き方をさせる」ことを意図したものである。なぜ「とくに女性」なのかというと、それは、この頃に啓蒙主義が広まって、女性が文字を読めるようになったからだ。いつの時代でも才能のある人はいるもので、環境さえ整えば、才能は開花する。ということで、素晴らしい手紙を書く女性が現れ、彼女たちが亡くなると、彼女の夫や父親などがその書簡集を編むようになった。そして、この書簡集には必ずかれら男性の前書きがあったのである。書簡体小説は基本的に〈書簡集の体裁をとった小説〉である。だからゲーテの『ウェルテル』には前書きがあるのである。

じつは小説の手法として、この前書きのような〈枠〉をはめておくのは、とても有効だ。たとえば、村上春樹（1949-）の『ノルウェイの森』（1987）では、前書きはないが、ビートルズの「ノルウェイの森」を聞き、過去を思い出すシーンから小説が始まる。この本は〈過去を振りかえる視線〉で書かれている。ビートルズの曲も短調で悲しい。これは悲しい話なのだとわかる仕組みになっているのだ。『ウェルテル』も基本的には同じ手法で描かれている。このふたつの本はまったく違う世界を描いているが、とりかえしのつかない事件が起こる点では同じである。だれかが自殺する物語は、現在進行形では書けず、世界を閉じておく必要があるのかもしれない。

なお、ドイツ文学史では『ウェルテル』は、4項で述べたように、十八世紀後半のドイツ文学に新機軸を開いた画期的作品という位置付けをされている。本項のように『ウェルテル』を書簡体小説の系譜に連なる作品とすることはあまりない。おそらくこれは、『ウェルテル』とそれ以前の書簡体小説との間に、文学の質の大きな違いがあるからだ。つまり、『ウェルテル』以前の書簡体小説は型通りの道徳的で面白い本だったが、『ウェルテル』は、その型を破って人びとの心に訴えかける本だったということだ。これは別の言葉でいえば、前者は娯楽小説、後者は純文学ということになる。これはどちらが良いかの問題ではなく、質の違いである。

8項　二十世紀の作家ケストナーの〈前書き〉との違いは?

ドイツの作家ケストナー（1899-1974）は、とても前書きが好きだった。なかでも面白いのは、『飛ぶ教室』（1933）でのかれの前書きである。じつはこの本には前書きがふたつあるのだが、ここでは最初の前書きを取りあげる。この〈前書きその一〉では、「もしかしたらケストナー?」と思える作家が出てきて、自分は本を書こうとしているのだがどうにも書けない、でもお母さんがクリスマスまでに本を出せというので、なんとか書こうと苦労している、と言う。だがこの作家は、ケストナー（リアル）ではなく、あくまで登場人物（キャラクター）である。

ケストナー（Kästner）は、日本では児童文学の作家として名前が知られている。岩波書店から高橋健二訳のケストナー少年文学全集（全8冊、別巻1冊、1962-1964）が出ており、子供の頃に手に取った人もいるかもしれない（なお、日本語表記にすると、ゲーテの『ウェルテル』のモデルのひとりであるケストナー（Kestner）と同じ表記になるが別人である）。だが、ケストナーの作家としての出発点は、雑誌への批評投稿やシニカルで辛辣な風刺詩を書くことにあり、ワイマール共和国末期の一九三一年に風刺小説『ファービアン』（*Fabian*）を出版している。思い込みなく冷静に現実を〈事実に即して見る〉ことを常とする新即物主義（Neue Sachlichkeit）の作家だったのである。だからかれにとって大人向けの本と子供向けの本の区別はどうでもいいことであり、自分が書くものには、常に高度な文学テクニックを用いている。子供の読者を想定して書かれた『飛ぶ教室』も例外ではない。まずかれは自分がマザコンだと自覚していたので、キャラクターの〈お母さん〉を作中に登場させている。そして、自分をモデルにしてマザコンの〈作家〉を作っている。ケストナーは、〈リアルな自分〉と本の中の〈自分のような作家〉の区別を冷静につけて物語を構築している。かくしてかれの前書きは、諧謔に満ちたものになる。気がきいていて面白味があるのに、どこか冷ややかである。

ちなみにケストナーは『飛ぶ教室』では後書きも書いていて、〈自分のような作家〉を再び登場させている。この後書きは要注意だ。ここでは、作中のキャラクターの〈作家〉が、かれが〈語ってきた〉とされる登場人物と出会い、楽しげに会話をするのだ。でも実際にこの本を執筆したのはケストナー（リアル）だ。よく考えると不思議な光景だ。

このように前書き（および後書き）というのは、一筋縄ではいかない面を持っている。しかし、ゲーテの場合、『ウェルテル』執筆時にケストナーほど冷めた視点は持っていなかった。かれは、『ウェルテル』の前書きで、ケストナーと同じく、自分ではない架空の人物（編者）を〈語り手〉として設定している。だが、『ウェルテル』の前書きの語り手は、小説のなかにキャラクターとして登場したりしない。この小説は、テクニックでいえば素朴な段階に留まっている。ゲーテはこのとき3項で紹介したように、「まだ成長しきっていない」、発展途上の作家だったし、書簡体小説というジャンルそのものも「書簡集」と「小説」のどちらでもない、〈小説の卵〉のような特質を持っていた。

とはいえ、『ウェルテル』は素朴な形式だからこそ、人びとの心に直に語りかけられた、という面も持っている。当時の人は、今とは違い、手紙を書くことに親しんでいたし、親しい友人宛の手紙の特徴も身をもって体験していた。――それは、なんの気兼ねもなく心のままに思ったことを書ける、ということだ。相手の人と親しければ親しいほど、お互いに知っていることが多ければ多いほど、説明などしなくても、すぐに内心の思いを書き始めることができた。気心の通じ合った相手に書く手紙は、独特の雰囲気を持っていたのだ。君ならわかってくれるよね、という感じだろうか。心と心の距離が近いのである。また、ゲーテは作家としてまだ未熟だったので、ウェルテルの手紙を書くときに、ときに自分の気持ちをそのまま書いてしまっている印象がある。勢いがあるのだ。この手紙ならではのダイレクトな感じが、人の心をつかんだのだと思う。

9項　カタルシスとはなんなのか？

読者や観客が〈泣ける〉ことを求めるのにはそれなりの理由がある。なにしろストレスフルな現代社会、泣けることはストレス解消の良い手段だ。このように泣いてスッキリすることをカタルシスと呼ぶことがある。だがカタルシスにはもっと深い意味がある。カタルシスについてちょっと説明する。

まず、カタルシスの語源はギリシア語にあり、これは、浄化、排泄を意味していた。たとえば、古代ギリシア医学では、治療法として体内の汚れたもの、悪いものを体外に排出するという方法があり、これをカタルシスと呼んでいた。下痢、嘔吐、瀉血などで悪い体液を外に出すのだ。

一方、人文科学で使われるカタルシスの出所は、古代ギリシアの哲学者アリストテレス（384BC–322BC）の『詩学』六章にある。ここでは古澤ゆう子の論文「アリストテレス『詩学』カタルシス再考」を紹介したい。これによると、『詩学』六章は一章から五章までの悲劇定義のまとめ部分にあたり、そこに新たに追加されたのが「あわれみとおそれを通じて、そのような感情のカタルシスを達成するもの」という悲劇定義だった。これが現代に至るまで続く〈アリストテレスのカタルシス〉をめぐる論考の出発点になっている。しかし、古澤によると、アリストテレスはこれっきり「カタルシス」に関する言及をしていない。このカタルシスに関して、『詩学』では「後述省察が存在しない」、ゆえにカタルシスの性質やその浄化の対象については、「考察と論議は多種多様で、今日に至るまで研究者の一致をみない」状態だと古澤は書いている。

この論文の出発点は、カタルシスについてアリストテレス自身が詳細に定義していないことの確認にある。だからカタルシス定義は難問なのだ。古澤はこれを踏まえて、たったひとつのカタルシスに関する言及「あわれみとおそれを通じて、そのような感情のカタルシスを達成するもの」の「あわれみとおそれ」に注目して考察を加えていく。この考察は多岐にわたるのだが、ここでは『詩学』十三章の「悲劇的あやまち」に関する古澤の論考を次に引用する。

ただし13章で述べられる悲劇的なあやまちhamartiaについての言及が、有益なヒントを与えてくれる。ここで、すぐれた悲劇とは、まったくの善人が不幸になるのでもなく、まったくの悪人が幸福になるのでもなく、かといって悪人が不幸になる筋でもなく、観客に似た中位の善人があるあやまちhamartiaのために幸福から不幸に陥るさまが描かれると定められる、そして、この有様が観客に、あわれみとおそれを引き起こすと言われているからである。すなわちカタルシスと関わる「あわれみとおそれを引き起こす」状況が説明されると考えることができる。〔古澤ゆう子「アリストテレス『詩学』カタルシス再考」96〜97頁〕

この「観客に似た中位の善人」というのは、どういうことなのか？　悲劇の主人公は神々の末裔であったり、英雄であったりする。普通の人ではないのに、観客に似ているのだろうか？――古澤は次のように書いている。

悲劇の登場人物は善悪の知識を有する「すぐれたspoudaios」者達である。彼らは、善を快として善にむかって努力する者達であり、善と悪の見分けを知らない悪人ではないが、無謬ではない。その意味で、善悪の中間に位置する普通の人、つまり観客に似た人物である。〔前掲書101頁〕

つまりギリシア悲劇の主人公は、善または悪そのものの存在ではなく、その中間にいる、「善悪の知識」を持ちつつもあやまちを犯してしまう、不確かな存在なのだ。だから観客も悲劇を〈自分にも起こるかもしれないこと〉として体験できるので「おそれとあわれみの感情を覚えカタルシスに至る」のだ。これはカタルシスに至る前提解釈の一例だが本質的な指摘だと思う。

10項　ウェルテル世代は何を悩んでいたのか？

新潮文庫の『若きウェルテルの悩み』のカバーには、「許婚者のいる美貌の女性ロッテを恋したウェルテルは、遂げられぬ恋であることを知って苦悩の果てに自殺する……」とある。アマゾンのサイトを見ると、この文庫本は「一二五刷二一五万部の超ロングセラー」とある。一二五刷というのは滅多にないのではないか？　しかし、このカバーの宣伝文句はちょっとロマンティックに過ぎる。もちろん恋愛の要素はあるのだが、『ウェルテル』は、じつは当時の社会事情を色濃く反映している作品なのである。

まず歴史的背景をみてみよう。十八世紀の半ば、ヨーロッパ社会は絶対主義王政支配の中世的共同体から、近代的な市民社会へと変化しつつあった。産業革命が始まり、市民の経済力が向上したのだ。ゲーテの時代は、社会の仕組みが激しく変動して新しい方向へ向かう変化・希望・実行の時代だった。世界は揺れていたのである。

一七八九年になると、ドイツの隣国であるフランスで革命が起きて、ブルボン王朝が倒れる。やがてパリの広場には処刑台が立てられ、王や貴族がギロチンで殺害された。このギロチンが現代では許しがたい非人道的処刑方法なのはいうまでもない。だが、私はこのギロチンという、一瞬で完全に首を切り落とせる装置導入から、ふたつのことが読み取れると思う。ひとつは、必要以上の痛みを与えず受刑者を殺害するという〈博愛主義〉、そして体制派の平等で効率的な殺害という〈機能性の重視〉だ。ギロチンはフランス革命の〈自由、平等、博愛〉の精神とどこかつながる処刑装置なのだ。

『ウェルテル』が書かれたのは、このフランス革命の十五年前のことだった。人びとの考えはようやく変わろうとしていたが、絶対主義王政の枠組みは依然として堅固だった。だから啓蒙主義が育てた若者たちの悩みは深かったのだ。この場合の啓蒙主義というのはドイツでは十八世紀に入って活発になった思想で、カント（1724-

1804）の「理性を使う勇気を持て」という言葉が有名だ。教育面では〈貴族だけではなく一般の人びとにも合理的に世界を把握すべきことを知らせて、広く教育の機会を与えよう〉という運動となった。だからゲーテ世代の人びとにはより多くの教育の機会が与えられた。運がよければ、優秀な青年には高等教育の機会も与えられたのだ。

だが、啓蒙主義的教育はマイナスの側面も持っていた。まず、教育を受けて考える能力を身につけた青年の進路の問題があった。かれらには貴族と同じような権力は与えられず、貴族の下でその命を受けるというポジションに甘んじるしか道がなかった。自分の頭を使う力を苦労して身につけたにもかかわらず、その力を発揮する場所がなかなか与えられなかったのである。

一方、女性もまた啓蒙主義的な父親や教師によって、読み書きを教えられて本を読みピアノを弾くようになった。しかし、たいへん残念なことに、この時点では、女性には大学への入学が許されていなかった。彼女たちに最終的に求められたのは娘・妻・母の三つの社会的役割を果たすに足る知的能力のみだったのだ。ウェルテルが愛するロッテもこのような女性たちのひとりだった。新しい時代の風は吹いたが、男女ともにそれゆえの悩みがあったのだ。

だからウェルテルの悩みは、恋愛だけではない。たしかに第一部の主要なテーマは〈報われない愛〉だが、この最終部では、かれは新天地で働くことを決意して、ロッテのもとを敢然と去っている。ウェルテルはロッテと結ばれることを一度断念しているのである。このあと第二部冒頭になると、ウェルテルは宮廷の仕事の悩みを綿々と述べる。慣習に縛られた無能な上司、生まれだけを鼻にかける貴族たち、自分の思い通りに働くことができない日々――市民のウェルテルは身分差別の壁を打ち破ることができない。結果として、かれは宮廷での仕事を失ったあげく、行き場をなくして、結婚したロッテのもとに舞い戻ってしまう。この身分差別の問題に関しては、第四章で詳しく述べたい。

11項　ダルムシュタット感傷主義サークルとは？

ダルムシュタット感傷主義サークルの『ウェルテル』への影響は、ドイツ文学の世界ではあまり重要視されていない。たぶん主催者がヘッセン＝ダルムシュタット方伯妃のカロリーネだったので、宮廷における社交の一種というイメージがあったからだろう。だがこれは方伯妃カロリーネのお付きの女性や宮廷人だけでなく、市民の友人も参加するFreundschaftsbund（友情同盟）であり、旧態依然とした社交の席ではなかった。一七七二年の春にゲーテはこの集まりに参加している。故郷フランクフルトの友人を介して、ダルムシュタットの軍事顧問官で文学者のメルク（1741-1791）と知り合いになったことがきっかけだった。ダルムシュタットは、フランクフルトの北東約十六キロメートルのところにあったので、気安く行き来できる場所だった。

ゲーテは自伝でメルクとの出会いが自分の人生を変えたと述べている。かれはゲーテをダルムシュタット感傷主義サークルの人びとに紹介し、ゲーテの最初の戯曲『鉄の手のゲッツ・フォン・ベルリッヒンゲン』*Götz von Berlichingen mit der eisernen Hand*を、自身とゲーテの自費出版という形で一七七三年に世に出している。この本は、ゲーテの作家としての最初の一歩となっている。

自伝には『ウェルテル』出版に際してのメルクとのエピソードもある。この人は毒舌家で道徳的にも怪しいところのある、ちょっと癖のある人だった。気分のむらも激しかった。ゲーテが書いたばかりのウェルテルの手紙を読んで聞かせたとき、この人は上の空で、「なるほど！　なかなか素敵だ」と言っただけだった。「この上なくひどく打ちのめされた」ゲーテはあやうく書いたばかりの『ウェルテル』の原稿を焼き捨ててしまうところだった。かれもまた一時の衝動に左右される気分屋だったのだ。だがその後メルクは機嫌を直し、じつは自分はあのときちゃんと作品を聞いていなかったと謝ったという。ゲーテはメルクが書き直さずそのまま出版せよと勧めるので、『ウェルテル』を清書したと書いている（『詩と真実』第十三章）。
このメルクはゲーテの戯曲『ファウスト』の悪魔メフィストフェーレスのモデルとされることもある。舌鋒鋭い辛辣な人だったのだと思う。しかし、ダルムシュタット感傷主義サークルの仲間たちは、若かったゲーテが書いたものをメルクのように気まぐれに扱わなかった。ゲーテは自伝で次のように回想している。

このサークルの人たちがどんなに私を元気づけ励ましてくれたのか、いいようもないほどだった。私が仕上げた作品や書きかけの作品を朗読するたびに、身を入れて聞いてくれた。計画したことを打ち明けて詳しく話すと、私を鼓舞してくれた。そして私がなにか新しい試みに手をつけて途中の仕事を取りやめたりすると、私を叱ってくれたのだ。（『詩と真実』第十二章）

ダルムシュタット感傷主義サークルの人びとは、まだ大きな作品を書いていなかったゲーテを叱咤激励してまとまった作品を書くよう励ましてくれた。これは大きな貢献だった。若い人にとって必要なのは、作品そのものを正確に批判することよりも、その人そのものを肯定的に受け入れて、楽しい雰囲気のなかで何かを成し遂げる手助けをすることだ。とくにゲーテのような情熱に身をまかせがちであきっぽい若者には、このような集まりが必要だった。春には郊外に出かけて歩いたり、外で本を朗読したり、手紙を出しあったり、最新のヨーロッパ各地の本を知らせあったり、なにをしても楽しかったのではないか。ゲーテはここで自分の文学仲間を見いだしたのである。

なお、ゲーテを文学の世界に引き入れてくれたメルクは、その後、ヴァルトブルクで宮仕えをしていたが、一七八八年に投機に失敗して金銭的に困難な状況に陥る。ゲーテはこのときメルクに援助の手を差し伸べたが、折悪しくメルクの子供たちのうち五人が亡くなるという悲劇も加わって、メルクは一七九一年に自殺をしてしまう。五十歳の年のことであった。

12項　当時の人びとは本をどのように読んでいたのか？

私たちは、『ウェルテル』を読んでも涙は出ない。なにか実感が湧かないのである。この感覚は、フランス革命で処刑されたフランス王妃、マリー・アントワネット（1755-1793）の言葉とされる、「パンがないならお菓子を食べればいいのに」の感覚と似ている。この言葉の真偽は定かではない。が、これは宮廷生活の華美で贅沢な暮らしに慣れたマリー・アントワネットには民衆の苦しみはわからなかった、という文脈でよく引用される言葉だ。彼女と同様に私たちにも環境が違う人びとの暮らしはわからない。古くはラジオに始まり、さらに映画、テレビ、インターネット、ゲーム、スポーツ、旅行、テーマパークなど、娯楽の手段がいくらでもある現代人には、『ウェルテル』を読んで涙を流した十八世紀の人びとの気持ちは想像できない。

ゲーテが生きた時代、人びとの状況はまったく異なっていた。当時の娯楽の種類はまだ少なく、代表的なものとしては、演劇、音楽、舞踏、お祭り、そして本を読むことだった。この本というメディアの特性は、なによりも〈読む能力〉を前提としている点にある。文字を知らないと本はそれこそ〈絵に書いたもち〉になってしまう。啓蒙主義的教育のおかげで文字を読めるようになった人びとにとって、読書がどんなに特別な体験だったのか、ちょっと想像してみよう。読めるということは、可能性の拡大だった。新しい知識、新しい道徳、新しい娯楽――読むことを通じて現実とは別の世界への扉が開いたのだ。

さらに、当時の本には社交的な意味もあった。現代とは異なり、本が非常に高価だったこともあって、本は黙読されるだけでなく、朗読されるものでもあったのだ。この朗読が盛んに行われたのは、十八世紀後半に結成され始めた、読書協会などにおいてだった。もちろん貴族のサロンでも朗読が行われたし、市民の家庭でも本が読まれた。ゲーテも好んで朗読を行い、人びとの輪の中で愉快な時を過ごしたという。

この〈朗読〉については、十八世紀後半に盛んになったベルリン・サロンの主催者のひとり、ヘンリエッテ・ヘルツ（1764-1847）が回想録で述べている。ヘルツは当初はうまく朗読ができず、夫に朗読の仕方を教えてもらったという。朗読には、多くの人に明瞭に聞こえるだけの声量と正しいアクセント、演技力、本の内容の適切な理解など、かなり高度なテクニックが必要だった。朗読者には役者の素養が必要だったのだ。ヘルツの夫は医者だったので朗読の専門家ではなかったが、素晴らしい朗読をしたとヘルツは書いている。

残念ながら日本ではこのような形の朗読は、今まで行われてこなかった。もちろん子供のためのストーリーテリングはあるが、大人が集まって朗読を聞くことはあまりない。詩人の自作朗読の会などはあるが、これは社交の場ではない。十八世紀の読書協会の集まりでは、朗読の前後に社交の場が設けられることが多かった。ヘルツは、あるベルリンの読書協会について、冬は王宮の城内で、夏は王宮の庭にみなが集まったとしている。本の内容はさまざまで、科学論文、抒情詩や叙事詩、戯曲などが読まれた。簡素な食事が出されて、そのあとは社交の場になった。参加者は老若男女、身分も問わないのが原則だった。若い人たちは、食事のあとでダンスやボール遊びをして楽しんだという。

ヘルツは先に挙げた回想録においてゲーテについて次のように書いている。

この輝ける星が上り、そして沈むのを私は見た。彼の『ゲッツ』と『ヴェルター』がまさに出版されるや文学に関心のあるすべての者の注目を引いたときのことを、私はまだ覚えている。〔『ベルリン・サロン　ヘンリエッテ・ヘルツ回想録』89頁〕

ここに「この輝ける星が上り、そして沈むのを私は見た」とあるのは、ヘルツは長命であったので、ゲーテの文学活動を生涯にわたって同時代人として見守ることができた、ということである。

13項　なぜ「ウェルテル」と読むのか？

ウェルテルは、ドイツ語でWertherである。三修社アクセス独和辞書でWertherを引くとヴェーアターとなっている。一方、ドイツ文学の論文ではWertherにはウェルテル、ヴェルテル、ヴェールター、ヴェルターなど、さまざまな訳が使用されている。だが、日本ではウェルテルという呼び方が定着しているので、本書ではウェルテルを用いている。

しかし、なぜ慣習的にWertherはウェルテルなのか？ これは最初の翻訳の影響と考えるのが自然だ。日本の場合、江戸時代の鎖国政策のために、欧米文化は明治維新後、短い期間に急速に受容された。このとき、かなりの混乱が生じている。このため『ウェルテル』の最初の翻訳は、ゲーテの原典でなく、イギリスのカッセル国民文庫（Cassell's National Library, 1886–1890）所収の英訳を底本としている。これは、Frederick Gotzbergによる英訳 *The Sorrows of Werter*（1802, London）を文庫化したもので、一八八六（明治十九）年に出版されている。

このような事情については、剣持武彦が、「漱石『こころ』とゲーテ『若きウェルテルの悩み』」で述べている。剣持はまず当時の文学青年がカッセル国民文庫の英語本をよく読んでいたことに言及して、一八八九年に帝国大学に入学した夏目漱石（1867–1916）も、このカッセル版で『ウェルテル』を読んだ可能性を指摘している。さらに剣持は、明治二十年代に、このカッセル版に加えて、中井錦城（1864–1924）、森鷗外（1862–1922）、高山樗牛（1871–1902）などによる『ウェルテル』抄訳が出て、「ウェルテリズム」が「時代の思潮を形成する」土壌を作ったとしている（なお、この三人のうち、鷗外のみがゲーテの原典を底本とし、他のふたりはカッセル版を底本としている）。

ではこれらの初期の日本語訳でWertherはなんと訳されているだろうか。錦城の訳は第一部から四通を訳したのみでタイトルは「旧小説」とされるが、この抄訳の原文を確認することはできなかった。鷗外はタイトルを

「少年ヱルテルの憂」、樗牛は「淮亭郎の悲哀」としている。鷗外の「少年ヱルテルの憂」は『かげ草』という外国文学の抄訳などを集めた本に収められており、これは国立国会図書館のデータを見ることができる。「少年ヱルテルの憂」は、錦城訳がドイツ語原典と異なる点を鷗外が憂いて、その原因としてカッセル版英訳の「世上既にその其誤多きを議するもの多き」（『かげ草』682頁）点を指摘したうえで、錦城訳と同じ部分を鷗外自身がドイツ語から直接訳出した、という趣向で書かれたものだ。樗牛の「淮亭郎の悲哀」については、カタカナでなく漢字の当て字を使っているが、振り仮名はヱルテルとなっている。

以上、先に紹介した剣持武彦の論文を元に調べてみたが、元来この論文は夏目漱石の『こころ』とゲーテの『ウェルテル』を比較して、「明治二十年代から三十年代の青年のこころ」を明らかにするものだった。剣持は次のように両書を比較検討している。

明治二十年代から三十年代にかけての知識青年にとって、「若きウェルテルの悩み」に示された愛の苦悩の問題は日本的現実のなかで変容されながらも、切実な共感を以て受けとめられた。なぜならこの時代の青年は、観念の世界では恋愛を理想化、神聖化したヨーロッパのロマン主義思潮を受けながら、現実に於ては江戸時代以来の儒教倫理、家族制度の束縛のなかにいたのである。ちょうどウェルテルが、アルベルトという許婚のある身のロッテを、恋してはならないという状況のなかに置かれながら、熱烈に恋してしまうといった内面の葛藤と対比できる。〔剣持、前掲書92頁〕

では漱石はWertherをどう表記していたのだろうか。――剣持が指摘しているのは『吾輩は猫である』（1905-1906）第十一回、水島寒月がヴァイオリンの思い出を語る場面だ。ここではWertherは「ヱルテル」となっている。つまり、『ウェルテル』翻訳初期にWertherは「ヱルテル」と表記されており、これは元の言葉が英語であれドイツ語であれ変わりがない。やがてこの「ヱ」が「ウェ」と表記されたわけだが、この経過は判然としない。

14項　ウィルヘルムかヴィルヘルムか？

ウェルテルの友人をウィルヘルムとしたのはゲーテがシェイクスピア（William Shakespeare, 1564-1616）を崇拝していたからだ、という話がある。これは、私が学生時代にドイツ文学史の時間に聞いた話で、真偽は定かではない。学生の頃は Wilhelm は英語にすると William なのかと思っただけで、それにしても Wilhelm はなぜウィルヘルムなのか、ドイツ語読みだとヴィルヘルムではないのか、などという細かいことは気にならなかった。今は気になる。

なぜ気になるのかというと、翻訳で使うカタカナ表記には統一が必要だからだ。だからウェルテルと訳すとウィルヘルムと訳さなくてはならない。たとえば新潮文庫の高橋義孝訳では、Werther をウェルテルと訳しているので、Wilhelm をウィルヘルムと訳している。一方、ゲーテ全集（潮出版社）の神品芳夫訳では、ヴェルターなのでヴィルヘルムだ。この統一は、その他の固有名詞でも同様に保たれなくてはならない。たとえば、高橋義孝訳では名前の Winkelmann をウィンケルマン、地名の Wahlheim はワールハイムとなり、神品芳夫訳では、ヴィンケルマン、ヴァールハイム、となる。

この統一の問題は、たとえばゲーテが住んでいた Weimar の表記でも同様だ。この表記にはヴァイマル、ヴァイマール、ワイマル、ワイマールなどがある。なお、ドイツ語の発音にもっとも近いのはヴァイマルなのだが、これが教科書にどのように使われているかといえば、帝国書院の公式ホームページでは中学校段階までの教科書では原則的に「ワイマール憲法」、高校の教科書では「ワイマール（ヴァイマール）憲法」と説明されている。この理由は「ヴ濁点」の小学校での使用制限とこれまでの慣習によるという。

また、このヴ濁点の問題だけでなく、このようなカタカナ表記の背景にはその他の複雑な事情もある。ウィルヘルムかヴィルヘルムか、はたまたウィリアムかという問題で忘れてならないのは、スイスのウィリアム・テル伝説の「ウィリアム」という表記である。スイスの公用語はドイツ語、フランス語、イタリア語、ロマンシュ語だが、この伝説はドイツ語圏のウーリ州を舞台としている。ドイツ文学史では、シラー（1759-1805）の戯曲『ヴィルヘルム・テル』（*Wilhelm Tell*, 1804）は必ず学ぶ作品だ。だが、日本ではなぜかドイツ語のヴィルヘルム・テルではなく、英語のウィリアム・テルが使われている。これは、ロッシーニ（1792-1868）の「ウィリアム・テル」序曲（1829）の影響かもしれない。しかしそうすると、この話はより複雑になる。なんとロッシーニの歌劇の原題はフランス語の『ギヨーム・テル』（*Guillaume Tell*）なのだ。つまり、ロッシーニは、この歌劇をパリ国立劇場のために制作したので、台本がフランス語なのである（ちなみに原典はシラーの戯曲である）。なぜ、ロッシーニの原作にしたがってフランス語のギヨーム・テル伝説でないのか。なぜウィリアム・テルなのか。

この問題については、宮下啓三が『ウィリアム・テル伝説　ある英雄の虚実』で、テルの名が「ウィリアムという英語式の名になって日本で広まっているのは、もちろんテルの国際的知名度の証明である」（5頁）としている。宮下はこの本執筆の動機を、十九世紀半ばにテルが架空の人物だと明らかになったのに、なお「全世界」で英雄として讃えられている点に興味を抱いたからとしている。この「国際的知名度」と英語の関係についてはなお検討が必要だが、この本におけるテルの国境を超えた歴史的、文化的、政治的意味の追求と指摘は鋭い。

ちなみに国立国会図書館で検索すると、歌劇「ウィリアム・テル」序曲　小学校音楽鑑賞指導レコード3-4（トスカニーニ　指揮　NBC交響楽団　1957）がヒットする。ロッシーニの戯曲の英語読みについては、第二次世界大戦後の小学校教育の影響があるかもしれない。宮下は、昭和二十二（一九四七）年に文部省が定めた「学習指導要領・音楽編」に小学校五年生の鑑賞曲としてロッシーニの「ウィリアム・テル」序曲が挙がっていること（240頁）を指摘している。

15項　ゲーテが〈説明してくれなかったこと〉は何か？

『ウェルテル』では登場人物や場所に関する詳しい説明がない。まず、主要な登場人物はウェルテル、ウィルヘルム、ロッテ、アルベルトの四人だが、このうちフルネームがCharlotte S.とまがりなりにも書かれているのはロッテのみだ。林久博「Werther は Vorname か Familienname か?」（22頁）によると「外部情報からすればWerther が Familienname であることはまず間違いない」（Vorname はファーストネーム、Familienname は苗字）とのことだが、なにしろ作家自身がちゃんと説明してくれていないので、なんともいえない。この論考でも結局のところ「具体的に姓名が記されていなければ、特定は困難だろう」とある。ほんとうにその通りなのである。

主たる登場人物の名前からしてこのような状態なので、いわんやその他の登場人物にいたっては、という状況だ。これらはM……伯爵だのC……伯爵だの、名前の部分が伏字になっている。これは、当時の書簡体小説の〈決まりごと〉だった。たとえば、ゲーテが『ウェルテル』執筆時に文通をしていた作家ラ・ロッシュ（5項を参照されたい）の書簡体小説『シュテルンハイム嬢の物語』でも同様に、名前がB……男爵、C……嬢のような伏字になっている。また、当時のドイツ社会での慣習として、名前でなく官職で呼ぶことも多かった。その場合は姓名の記述はまったくない。

場所についても同様で、ゲーテはこの小説のなかで、ワールハイムという村以外には地名を挙げていない（ワールハイムについては、「これはモデルとした場所の名前を変えたものなので、ワールハイムという場所を探しても無駄です」という意の注を付けている）。物語の舞台となる町についても名前を書かず、単に〈町〉（Stadt）と呼んでいる。

このような次第で、同時代のドイツの読者ならともかく、日本の読者には『ウェルテル』の世界はなにやら分かりにくい。そこで、小説世界を楽しむために私がお勧めしたいのは、ウェルテルの舞台のモデルとされるヴェツラーの町並みをインターネットで見ておくことだ。ヴェッツラー市の公式サイトを見ると、次の文面がある（2023年8月時点）。

一七七二年五月のはじめ、若きヨーハン・ヴォルフガング・フォン・ゲーテはヴェッツラーに到着した。父の願いは、なによりも法学に身を捧げることだった。しかし、かれは法学には目もくれず、かわりに文学活動に熱心に取り組んだのだった。かくして、かれの有名な書簡体小説『若きウェルテルの悩み』が誕生した。ここにゲーテは、シャルロッテ・ブッフに対する自身の不幸な恋愛を書いたのだった。

ここには「旧市街ゲーテツアー」、「ゲーテ博物館」、「ゲーテの道」などの説明が写真付きで掲載されている。ウェルテルの世界がヴェッツラーそのものなのかと問われれば、そうは言い切れないのだが、イメージはつかめると思う。

さらに、十八世紀ドイツの町の基礎知識も頭に入れておこう。この頃のドイツの町は、ほぼ中世と同じ構造であり、町のぐるりは城壁で取り囲まれていた。この城壁の出入り口が〈市門〉であり、この門は夜になると閉ざされた。城壁は外敵から町を守るために建てられたが、城壁の中の市民が持つ権利を明確に示す役割も担っていた。余所者は市門で身分を証明することが求められた。町の中には教会、市庁舎、領主の館、泉、広場などがあり、町は領主の統治の中心地だった。

ということで、この小説を読むときは数少ない情報である「町」と「ワールハイム」に注意しよう。たとえば、ウェルテルは最初の手紙で「町自体は不愉快なのだが、その周りには自然の言い尽くせぬ美がある」［5月4日］と書いている。さらに「町から約一時間のところにワールハイムと呼ばれる場所がある」［5月26日］ともある。このふたつの情報を結びつけて、漠然とはしているが物語の地図を作ろう。おそらくウェルテルは、町の外の世界に好きな場所を見つけて、毎日のように市門を出ていっているのだ。このイメージを大切にしてほしい。

第二章

新しい町で再出発

［第一部　1771年５月４日～７月26日］

書店で本を手にとってちょっと最初を読んでみる。電子書籍の場合も同様で〈試し読み〉を読んでみる。それでいい感じなら購入を考える。——小説の書き出し部分は試金石である。『ウェルテル』の書き出しは前書きだった。でもこれはホップ・ステップ・ジャンプのホップの部分にあたる。次の段階のステップは、最初の手紙、つまり五月四日の手紙だ。ちょっと冒頭部分を読んでみよう。

16項　最初の手紙はどんな感じ？［1771年5月4日］

一七七一年五月四日

出発してきてうれしく思っている！　最愛の友よ、人間の心ってなんなのだろう。こんなにも愛する、いつも一緒にいたかった君のもとを去ったのに、それでも喜んでいるとは！　申し訳ない。でも君ならわかってくれるはず。だって君以外の人との関係は、私のような心をわざわざ揺さぶるために、運命が選んだようなものじゃなかったろうか？　たとえば、かわいそうなレオノーレ！　でも、私のせいではないんだ！　私は妹のほうの気まぐれな魅力にそそられて楽しく過ごしていただけで、その間にあの気の毒な心に熱情が生じていたとは！　そんなつもりではなかった。いや、そうはいってもやはり——私のせいでは本当にないのか？　あの人の天性のままのまったく率直な物言いを、それほど可笑しくなくても、私たちはよく笑ったよね。私も彼女の物言いを楽しんでいたじゃないか！　私は、はたして——ああ、人間ってなんなのだろうか、自分のことでくよくよ思い悩むとは！　——愛する友よ、私は、君に約束するが、私は、自分をもっと良くするつもりだ。私は、運命がわれわれに差し出す悪いことを、もうこれからは、ほんのちょっとでも反芻しないつもりだ。私は目の前にあるものを楽しむつもりだ。過ぎ去ったことは過ぎ去ったこと。君のいうことはきっと正しいんだろうね、友よ。世の中には、神のみぞ知ることだが、想像力をむやみに働かせて過去のあやまちを思い起こしたりせずに、こだわりなく目の前のことに取り組む人間がいる。そういう人間には、痛みが少ない。――そう君は言っていたよね。まったくその通りだ。［1771年5月4日］

こんな感じで『ウェルテル』は始まる。私は意識的に原文のままに疑問符（？）や感嘆符（！）を入れ、ダッシュ（―）も入れ、主語の繰り返しもそのまま訳してみた。ウェルテルの手紙は、かれの千々に乱れる心のように、文も乱れた感じなのである。手紙の書き手についての具体的な情報もなく、手紙を書いている相手に関しても「最愛の友」とあるだけで、ほかになんのヒントもない。ただひとつ出てくる名前は、レオノーレだ。ちなみにレオノーレは女性のファーストネームだ。ここに書かれているのは、レオノーレがウェルテルを愛していたのに気づかず、彼女を傷つけてしまったが、これは自分の罪だったのではないか、という思いだ。おそらく前の場所では、レオノーレに関するなんらかの気まずい出来事があったのだ。

ウェルテルの手紙は、どこまでも主観的なものだ。手紙の相手に近況を聞くこともなく、自分のことばかりを書いている。ウィルヘルムの存在意義は、ウェルテルが心置きなく話しかけられる友人、という一点に限られる。それは、最初の手紙の「申し訳ない。でも君ならわかってくれるはず」という文からもわかる。読者にかれの名前が知らされるのも、かなり後のことで六月二十一日のことになる。ウェルテルの手紙は、相手は想定されているにせよ、とどのつまり独り言のような文体で書かれている。『ウェルテル』は、ただひたすらに〈自分の心のなか〉を語る本なのである。

17項　小説の冒頭でわかる〈ゲーテの困った性格〉とは?［1771年5月4日］

『ウェルテル』の最初の手紙は「出発してきてうれしく思っている!」で始まる。じつはこの書き出しには、ゲーテの困った性格が表れている。この文は、ドイツ語では Wie froh bin ich, daß ich weg bin! となる。ここで訳すのが難しいのが、ヴェーク〈weg〉である。これは、〈ある場所から去って、離れて〉という意味の言葉だ。〈視野から消える〉という意味もある。『ウェルテル』の文脈では、この第一文は、〈問題のある場所から離れて気分一新した〉ということだ。これは、ゲーテ自身が何回も行った行為でもある。

ゲーテが最初に〈立ち去った〉のは、一七七一年八月のゼーゼンハイムである。この地を去るとき、ゲーテはフリーデリーケという女性に馬上から別れを告げている。彼女はゲーテの恋人だった。自伝『詩と真実』第十一章の、彼女の記述は美しい。花でいっぱいの大地、青い空、丘の上の小道を歩くフリーデリーケ、軽やかな動作、だれかの手助けをしようと駆けよる彼女——ことに彼女が小鹿のように駆けだす姿がこの上なく愛くるしかった、とゲーテは書いている。

自伝のこの部分の口述筆記は、一八一二年の秋に始まっている。ゲーテは六十三歳になったが、記憶のなかのフリーデリーケは美しいままだ。しかし、ゲーテは彼女との別れを「馬に乗ったまま手を差しのべると、彼女の目には涙が浮かんでいた、私はいたたまれない思いだった」という文であっさり終えている。別の土地で、ゲーテは新たな生活に入るのだ。一方、フリーデリーケは結婚をせず、父親が亡くなると兄の家、兄が亡くなると姉妹の嫁ぎ先、という具合に転居を繰り返して生涯を終えている。現代とは違い、当時は女性が自活することは困難で、彼女は最後まで自分の家を持てなかったのである。

女の身からするとゲーテは勝手な男だった。とはいえ、興味深いのは、ゲーテが自伝で、フリーデリーケとの別れのあとにドッペルゲンガー（二重身）を登場させていることだ。河合隼雄（1928-2007）は『影の現象学』（1976）で、ドッペルゲンガーを次のように説明している。

二重身の現象とは自分が重複存在として体験され、「もう一人の自分」が見えたり、感じられたりすることである。精神医学的には、自分自身が見えるという点から、自己視、自己像幻視と呼ばれ、また二重身、分身体験などとも言われる。ドッペルゲンガー（Doppelgänger）という言い方は、ドイツの民間伝承に基づくものである。（73頁）

ゲーテの場合、この自己像幻視は、フリーデリーケと別れたあと、馬を駆って新しい町に向かうときに起きた。かれは自伝で次のように書いている。

つまり私は肉体の目ではなく、精神の目で、自分自身が同じ道を馬に乗って反対側から戻ってくるのを見たのだ。一度も着たことのない、少し金が混ざった灰青色の服を着ていた。この夢を私が振りはらうと、この姿は消えてしまった。（『詩と真実』第十一章）

ここでのポイントは、近づいてくる自分の幻像が、着たことのない服を着ていた、という記述だ。ゲーテは、八年後にフリーデリーケに会いに同じ道を駆け戻ったとき、この灰青色の服を意図的にではなく偶然に身につけていたと書いている。

これが事実かどうかは定かではないが、一七七九年にゲーテがワイマル公のスイス旅行に同伴した際、旅の途上でフリーデリーケに会いに行ったのは確認できる。また、ゲーテは右の引用部のあとに「あの奇妙な幻像は、あの別れのときに、私に少しの安らぎを与えた」とも書いているので、別れの際の「衝動と混乱」の異常な緊張状態にあって、かれは本当にドッペルゲンガーを見たのかもしれない。エゴイストだが、別れがつらかったのだと思う。

18項　ウェルテルは高等遊民？［1771年5月4日、7月20日］

『若きウェルテルの悩み』はゲーテがはじめて書いた小説である。それまでかれが書いていたのは詩や手紙、そして戯曲だった。はじめてのことだったので、書き出しには力を注いで工夫をこらしている。だから最初の手紙にはゲーテがこれは書いておくべきと考えたことが含まれている。なかでも小説世界を創造するために必要なのは、主人公がどんな環境で生きているのかの説明だ。そこでゲーテは、何げなく最初の手紙にかれの家族についての情報を入れている。とはいえ、ここで書かれていることはあまりストーリーには関係がない。この小説の舞台はウェルテルの内面世界だ。だから心の外で重要なのは、かれの心に影響を与えることのみなのだ。この小説は家族の葛藤を描いたものではないので、当然のことに家族についての話は短く終わる。

ウェルテルが小説の舞台になる町に来た理由は、遺産分与の問題を片づけるためだった。かれは母の頼みで、遺産の分与について談判するために、叔母の住む町に来たのだ。しかし説明はこれだけしかない。母の頼みとあるので、父親の遺産分与の問題だろうか？　とはいえ、ここで読み落としてはいけないのは、ウェルテルがこの叔母のことを「悪い女」と聞かされてきたが、彼女に会って話をしたところ、「快活で短気な、最良の心の持ち主の女性」だったとしていることだ。かれは、世の中には悪い人はいないと考えるナイーブな青年なのだ。だが、この叔母と遺産分与というテーマは、この最初の手紙で終わる。おそらく、ウェルテルが家を出てどこかの町に行くという筋を成り立たせるための設定にすぎなかったのだろう。

また、ここで母親についての言及があるが、これはウェルテルに母親が望んでいた進路を示すためだ。一七七一年七月二十日の手紙には、友人のウィルヘルムが勧めた「公使のお供をして……に行く」という仕事の話がある。ウェルテルは誰かの下で仕えるのはいやだし、それにあの公使はいやな人間だと書いている。そして、君は母がもっと活動をしてほしいと願っているというが、気に染まない仕事を他人のためにするなんて、それがお金のためだろうが名誉のためだろうが、馬鹿らしいと書きつづっている。

ここに出てくる「公使」とは、当時のエリート外交官と考えるとイメージが湧きやすいだろう。具体的な例としては、ヴィルヘルム・フォン・フンボルト（1767-1835）が挙げられる。フンボルトは、ベルリンの貧しい貴族だったが、言語哲学の研究に身を捧げるとともに、プロイセンの宮廷で一歩一歩出世の階段を上り、一八〇二年にローマ公使となり、その後ベルリンに帰国、内務省の文化・教育部門で活躍、ベルリン大学の創設に大きく寄与した。一八一〇年からウィーン公使、一八一七年からロンドン公使、一八一九年には国務大臣となり、同年に退官している。

『ウェルテル』の公使は、フンボルトの足下にも及ばないような「いやな人間」とされるが、公使という官職の人のお供をするのは、市民の青年にとって得がたい出世のチャンスだったのかもしれない。しかし、ウェルテルは出世競争に身を投じる気はさらさらなかった。では何になるつもりだったかといえば、残念ながらはっきり書かれていない。五月十七日の手紙にはウェルテルが「おおいに絵を描き、ギリシア語もたしなむ」とあるので、高等教育を受けた芸術志向の青年というのは推測できる。夏目漱石のいう「高等遊民」の風情がある。

この「高等遊民」とは、遊んで暮らせる資産を持ち、高度な教養や見識はあるが立身出世を望まず、あえて社会の傍観者として生きる人を指す。さらに、高等遊民は実業家を軽蔑するという特徴を持っている。漱石の『吾輩は猫である』の苦沙味先生は資産がないので高等遊民でないが、気分は高等遊民なので、近所の実業家金田を心底軽蔑している。なぜなら真心も教養もない拝金主義の金田は、俗人中の俗人だからである。この苦沙味とウェルテルには共通項がある。それは、両人とも資産がないので遊んで暮らせないが、それにもかかわらず高等遊民を志向しているという点だ。違いは苦沙味はすでに家族持ちで安定した生活をしているが、ウェルテルは若く不安定でなにかを得ようと努力している点にある。ウェルテルは成長しようと足掻いているのである。

19項　なぜイギリス式風景公園なのか？［1771年5月4日］

『ウェルテル』にはイギリス文化の影響がみられる。たとえば、最初の手紙に出てくる庭だ。ウェルテルは町の外に出て、自然のなかをあてもなく歩き、庭を見つける。この部分を読んでみよう。

町自体は不愉快なのだが、その周りには自然の言い尽くせぬ美がある。このことが今は亡きM……伯爵に連なる丘のひとつの上に庭を造ることを思いつかせた。これらの丘は、きわめて美しい自然の多様性をもって重なり合い、きわめて好ましい谷をいくつか形成しているのだ。その庭は簡素なもので、足を踏み入れるとすぐに、学問的な庭師ではなく感じる心の持ち主が設計図を書いたのを感じる。かれはここで自らが楽しみたいと思っていたのだ。もう私は多くの涙を亡き人のために朽ちた小さなあずまやで流した。このあずまやはかれの好きな場所だったし、私の好きな場所でもある。すぐに私はこの庭の主になるだろう。庭師は私に好意を抱いている。まだ二、三日しか経っていないのに。とくに文句は言わないと思う。［1771年5月4日］

おそらく、ここはストーリーとあまり関係がないので、読み飛ばされる箇所ではないだろうか。しかし、この庭はまちがいなく〈イギリス式風景庭園〉である。イギリス式風景庭園は、一七三〇年代からイギリスで盛んになった、できるだけ自然の風景に近くなるように造成された人工的な庭である。この風景庭園は西ヨーロッパのフランス・バロック様式の庭園を衰退に導いたとされている。

ではまずフランス・バロック様式の庭を考えてみよう。この様式の代表的なものは、ベルサイユ宮殿の庭だ。ここでは、絶対主義王政の威光を表現するために、すべてが幾何学的に造られている。宮殿の鏡の間から庭園を見ると、そこから直線的に太い道が続いている。庭は四角い植え込みで区切られていて、配置は左右対象、植木も幾何学的に成形されている。庭の装飾は噴水とギリシア神話の神々の彫刻だ。この噴水の水は、巨大揚水装置を用いてセーヌ川から運んだもので、王の財力を示す。ギリシア神話の神々は、侵犯されえない王の権力の比喩となっている。

イギリス式風景庭園は、これとはまったく異なる特徴を持つ。ベルサイユ宮殿が貴族中心の世界観を表象するのに対して、イギリス式風景庭園は十八世紀のイギリス的メンタリティを示す。これらの庭園を造った人びとは、専制君主ではなく、貴族や地方貴族（ジェントリ）たちだった。このなかには産業革命によって資産家になった人もいたし、大英帝国の植民地から搾取した富で悠々自適の生活を送る人もいたはずだ。かれらは都会だけでなく、風光明美な田舎に邸宅を持ち、その美しい風景を生かした庭園を造った。かれらのメンタリティは、フランス宮廷文化への反発、都会を離れた場所での〈憩いの場〉の創生、グランドツアーを通じた教養の実践、〈理想的な自然〉を私有する欲求などが混在した複雑なものだ。求めたものは、王の威光の表現でなく、個人的な良い趣味の表現だった。

このようなイギリス式風景庭園の完成形は、プッサン（1594-1665）などの風景画の再現といわれる。単に自然を生かすだけではなく、風景画に描かれた理想の自然を現実世界に造ろうとしたのだ。美しい風景を見てまるで風景画のようだと感じ、その風景画の風景を、自分が所有する広大な土地を使って再現する――自然を愛するとともに、自然に似せて造られた人工的な庭でも楽しむ。この矛盾はとても近代的である。

つまり、『ウェルテル』の「亡きM……伯爵の庭園」からは、当時のヨーロッパの政治・経済の変遷に伴って起こった、人びとの芸術的感性の変化を読みとることができるのである。この変化の流れはその後も進んで、十九世紀に至るとドイツで初めての大規模なイギリス式風景庭園が、現在のドイツとポーランドの国境付近に、フォン・ピュックラー＝ムスカウ（1785-1871）によって作られることとなる。ムスカウ庭園は、現在でもヨーロッパ最大のイギリス式風景庭園であり、二〇〇四年に世界遺産に登録されている。

20項　なぜ涙を流すのか？［1771年5月4日］

『ウェルテル』を読んで違和感を感じるのは、かれがたやすく涙を流す点だ。前項で紹介したイギリス式風景庭園においても、ウェルテルはひとり涙を流している。これはどういうことなのだろう。じつはここにはイギリスの影響下に当時流行した感傷主義の問題がある。少し話が長くなるが、十八世紀初頭に戻ってドイツの状況を説明したい。マックス・フォン・ベーンの『ドイツ十八世紀の文化と社会』（1922）から引用する。

十七世紀から十八世紀にかけての転換期には、ドイツに三つの社会階層があったことが確認できる。風俗習慣と言語の点ですっかりフランスかぶれした教養人から成る層の薄い上流階級が、無知文盲も同然の有象無象（うぞうむぞう）の大衆の上に超然としていた。そして第三にこの上流階級と並んで学者の世界があった。この学者の世界は職業階層としてまったく自閉的に孤立しており、その本質は上流階級とまったく同じように非ドイツ的であった。なぜなら、学者たちはラテン語で書き、ラテン語をしゃべり、ラテン語で考えたからである。（邦訳『ドイツ十八世紀の文化と社会』2〜3頁）

ここでベーンは十八世紀始めにドイツには教養人、非教養人、学者の三つのグループがあったが、いずれも高いレベルのドイツ語で書き、話し、考えることがなかったと指摘している。この理由は、三十年戦争からの復興がなかなか進まず、ドイツがあらゆる面で後進国になっていた点にある。「国内には野蛮と弱さ、外国には文化と力」（前掲書3頁）という状況にあったのだ。だからとりあえず外国の文化に頼るしかなかったのである。当時のドイツは、強国フランスの文化に席巻されていたのだ。

この状況にあって、ドイツ啓蒙主義文学は長らくフランス古典演劇の三一致の法則を固く信奉していた。この

「三一致の法則」は、鈴木力衛編『フランス文学史』によると、「演劇においては主題が単一であること（劇行為の法則）、劇行為は同一の場所で（場所の法則）、二十四時間以内に生起終結しなければならない（時間の法則）ことを規制したもの」（70頁）である。具体的には、嫉妬が殺人を引き起こすという筋で、場所は宮廷の広間、時間は朝から晩までとすれば、三一致の法則を守った劇となる。また、演じられる時間は常に現在であり、現実と同じように時は一方向に進む。劇中の時間が突然過去に戻ることは許されない。

ドイツでこの法則が推奨されたのは、道化師が活躍する即興劇などの猥雑さを規制し、民衆を啓蒙するに足る統制のとれた演劇を行うためだった。これは当初はドイツの文化的遅れを取り戻すために一定の成果を挙げたのだが、その後十八世紀の半ばを過ぎると杓子定規な形式主義に陥ってしまった。この結果、啓蒙主義世代は自分たちが教育を与えた息子や孫世代から抵抗を受けることになったのだ。ゲーテ世代の人びとはこの息子や孫世代にあたる。かれらにとって重要なのは、知識や理論をただ暗記することではなく、素朴で真実味あふれたドイツ語、美しい自然から受ける一体感、そして旧態依然とした貴族文化との決別だった。――心の底から湧きでる言葉を求めたのである。そしてこれはドイツ語では容易なことではなかったので、ドイツ啓蒙主義文学が模範としたフランス文学から離れる過程で、かれらは当時流行り始めたイギリス文学（感傷主義）に目を向けたのである。まだ〈外国頼り〉だったのだ。

しかし残念なことに、のちにゲーテが『ウェルテル』時代を回顧して書いているように、スターン（1713-1768）などのイギリス文学にはユーモアとウィットがあったのだが、ドイツにはまだそのようなゆとりがなく、これらの特徴を受容できなかった。結果としてエキセントリシティはあるが、ユーモアとウィットがないといった状況になり、感傷主義が極端な方向に向かっていったのである（『渡仏従軍記１７９２』(*Campagne in Frankreich* 1792, 1822)）。ゲーテはこの頃、シェイクスピアを講じては涙を流し、ゴシック教会の設計者を思っては涙を流している。この涙は、現状を突破して新しい文学に至るために必要なことだったのかもしれない。

21項　物語の場所はどこか？［1771年5月4日］

物語には時と場所が必要だ。昔話では、物語は「むかしむかしあるところに」で始まるのが約束事だ。場所は明記されないことが多い。一方で二十世紀に書かれたファンタジーの場合、現実とは別の世界を立ち上げるために、架空の国の地図を作成したうえで、そこにとてもリアルな世界をとても写実的に作り上げることが多い。架空の物語に読者を誘いこむためには、読者にそこにたしかに〈別の世界〉がある、と納得してもらう必要があるのだ。だが『ウェルテル』の場合、このようなリアルな世界は創造されていない。全体をみると、たしかに第一部はロッテの家がある町とその周辺、第二部は別の町の宮廷、その後の放浪、貴族の館、そしてロッテがいる町となっている。だが、この小説の舞台設定は、どちらかといえば昔話に似てそれほど綿密ではない。

しかしなぜ場面設定がおおまかなのだろうか？　理由は、ゲーテがこのとき立ち上げたかった世界が写実的なものではなく、かれの心のなかの世界だったからだ。ファンタジーのように〈行って帰る〉世界ではないのだ。主人公の気づきや成長もなく、他人に対する思いやりも仲間意識も描かれない。だからウェルテルは愛するときも孤独なままだ。『ウェルテル』の世界は、客観的な視点で描かれた〈本当のような世界〉ではない。その証拠に、かれの悩みが深まるにつれて、かれの周りの世界はどんどん暗くなり、崩壊に向かっていく。ウェルテルが幸福であれば世界も輝き、絶望に向かって否応なく転げ落ちるときは世界そのものが暗さを増していくのだ。

よく考えてみよう。実際の生活では、人の幸不幸が周囲の世界とリンクしていることはほとんどない。窓の外で嵐が吹き荒れていたとしても、幸せな人は幸せなのが普通だ。反対に、美しい五月であっても不幸な人はいる。あなたが孤独であったとしても、それは当然なことに実世界には反映されない。『ウェルテル』の世界は、ウェルテルの内面世界なのだ。

このことは、すでに最初の手紙で明らかになっている。ウェルテルは、不愉快な町の周囲には美しい自然があると書いているが、この自然があるのは連なる丘の上と、丘と丘が作る谷だ。どこまでも平らな土地ではなく、丘陵がある土地なのだ。ウェルテルは、この丘を上ったり下ったりして、自分の好みの場所を見つけていく。最初の手紙では、連なる丘のひとつの上に作られた「感じる心の持ち主が図面を描いた」庭を見つけて、朽ちたあずまやで庭の持ち主だった亡きM……伯爵のために涙を流している。

この涙（前項参照）というのは、一七七三年に出版されたヘルダー編『ドイツの特性と藝術について』に収録されたゲーテの「ドイツ建築について」でゲーテが流した涙と共通している。かれの涙は、ゴシック建築の教会を建てた亡きシュタインバッハ（?-1318）に対する賛美と強い共感、失われた芸術的精神への愛惜の涙だ。同様に、ウェルテルは、亡きM……伯爵のために、最初の手紙で気持ちよく泣いている。おそらくゲーテは無意識のうちに丘の上にこの庭を置いたのではないか。丘を上りおりする行為そのものをウェルテルの激しく上下する気持ちと一致させているのではないか。一項で述べたように、この物語を書くきっかけとなった事件が起きた場所はヴェツラーである。じつは、この町はラーン川（ライン川の支流）のほとりにあり、ライン粘板岩山地（ライン川中流の両岸に広がる山地）の東端に位置する。東にギーセン大地、西にラーン盆地があり、山あり谷ありの起伏のある場所なのである。『ウェルテル』執筆中に、この場所のイメージがゲーテの心のなかに広がっていても不思議ではない。ゲーテがこの自分の内面世界をウェルテルの世界に投影した可能性は否定できないだろう。

作者と主人公の無意識のうちの内面の一致――これはじつは非常に危険なものだ。『ウェルテル』が同時代の人びとの心を強く揺さぶったのは、書かれている世界がやむにやまれぬ制限に縛られた平凡な現実世界ではなく、ひとりの才能ある若者（ゲーテ）に潜む自由でうそのない内面世界そのものだったからだ。人間の内面にある「見てはいけないもの」の存在を突きつけられたからなのである。

22項　ウェルテルにとって「自然」とは？［1771年5月4日、10日］

ウェルテルは、小説の冒頭で「人間の心ってなんなのだろう」と書いている。一般化して「人間の心」と書いているが、この場合は自分の心のことだ。過去を過去として見ることができない、あやまりを忘れられず、「痛み」から逃れられない「私のような心」が問題なのだ。ウェルテルは、自分がしたことを思い返して気に病む人だ。人間関係がかれの心を揺さぶるのである。

だからかれの心を穏やかにしてくれるのは、人間が多く住む町の外にあるものだ。町を囲んでいる自然、町の外の庭園、町を出たところにある井戸、そこに水を汲みにくる下働きの女の子たち、そして子供たちだ。大学を出た有為な青年や、あくせく仕事をする男性にはあまり共感が持てない。ウェルテルがほしいのは、学歴や仕事、知識ではなく、美しい自然とつながることや、心と心が通じ合うことだ。かれが自然のなかで幸福なのは、自然が〈その物自体が充実しているもの〉だからだ。活動的で、純粋で、何も欠けることのない世界だからだ。次の文は非常に美しいドイツ語として有名な部分だ。ウェルテルが自然を抱きしめるシーンである。

ところで、私はここで非常に快適にやっている。この天国のような地方で、孤独が私の心には貴重なバルサムだ。それに青春の季節は、あらゆるものの充満によって、すぐにおののき震える私の心を温めてくれる。どの樹も、どの茂みもまるで花束のようで、黄金虫になって芳しい香りの海のなかを飛び回り、あらゆる栄養を見いだせたらいいのにと思う。［1771年5月4日］

この「バルサム」とは香料や医薬に用いる天然樹脂だ。ウェルテルは花盛りの季節にあって、自然から癒しを受けてひとときの充溢を感じている。黄金虫のように飛び回りたいと書くかれの視線は、生きる喜びを満喫している小さな虫に向かっている。五月十日の手紙でも、ウェルテルは町の外へ出て自然のなかを歩いている。

愛する谷が私の周りで水蒸気をたちのぼらせ、そして私の森の見通しのきかない闇の上に太陽が安らぎ、そしてほんの少しの光線が内部の聖域に忍び入るとき、私は流れる小川のそばの背の高い草のなかに身を横たえる。地面に近づくと何千という小さな草が私の注意を引く。草の茎のあいだの小宇宙のうごめき、無数の探求しがたい姿形、小さな虫や蚊のすべてを私の心に近く感じるとき、私は、その姿に似せてすべてのものを創造した全能なる者の現れを、漂いながら私たちを永遠の喜びのうちに抱え支える、大いなる慈悲なるものの息の流れを感じるのだ。［1771年5月10日］

この自然描写は秀逸なものだ。まずこれは谷間の森の風景である。ウェルテルは木々が茂った暗い森の中を歩きまわり、谷が生きているかのように水蒸気を吐き出し、森の暗闇の上にある太陽が、幾筋かの光線を投げかけるのを見たのだ。そのとき、かれは湿った空気を吸いながら、小川のそばの背の高い草のあいだに寝そべり、地面に顔を近づける。目に入るのは、地面近くに生える植物の数々、小さな虫の群れだ。——これは現代人には失われた、人間の手の入らない自然の姿だ。光と水と土、緑と生き物の活気ある世界だ。物語の最初で、ウェルテルの心は自然を抱きしめ、そして自然に抱きしめられている。一体化しているのだ。

この自然との一体化がいかにウェルテルにとって重要だったかは、物語が進むにつれて明らかになってくる。日本の現代小説にはこのような自然描写があまり出てこないので、この箇所は読みにくいと感じる人もいるかもしれない。しかし、十八世紀から十九世紀のヨーロッパ文化では自然描写は非常に重要だった。それはおそらくキリスト教的世界観の根本に神がこの世のすべてを創造した、という考えがあったからだ。ウェルテルの場合、神の存在は世界の根底にあるもので、自身の存在を支えるものだった。自然と一体化するとき、ウェルテルは「全能なるものの現れ」を感じ、心の安定を得ることができたのである。

23項　なぜウェルテルを画家志望の青年にしたのか？［1771年5月10日］

ゲーテは若い頃に画家になりたいと思っていた。しかし、あるとき自分には画才がないと悟り、その後は絵を愛する人となった。ゲーテの美術観については、形式的古典主義に拘泥してロマン主義絵画を理解できなかった、と批判されることが多い。しかし忘れてならないのは、ゲーテの絵画に対する愛着が父親の絵画コレクションに始まるということだ。これらはまず第一に〈家を飾る絵〉だった。ゲーテの父親は、自宅の改築に力を入れており、その改築した部屋を飾るために、フランクフルトの画家たちの絵を収集していた。フランクフルトの画家たちは、十七世紀オランダ風景画の影響下にある、腕の良い職人たちだった。ゲーテは幼少期にこれらの画家から大きな影響を受けている。ゲーテの好きな絵は、スワーネフェルト（1600-1655）などのオランダの画家をはじめとして、フランスの画家プッサンやクロード・ロラン（1600-1682）だった。これらの画家はいずれも写生の技術に優れ、何が描いてあるのか明確にわかる、古典主義絵画を得意としていた。さらに、画題はギリシア神話、聖書、歴史からとることが多く、物語性を持ちつつ背景の風景描写に力を入れるという画風を持っていた。このような特徴を持つ古典主義絵画へのゲーテの傾倒は、長年をかけて身についたものであり、それゆえ堅固なものだったといえる。かれの絵画への愛着は強く、ゲーテがウェルテルを画家志望の青年にしたのは、自らの趣味嗜好を投影したものだったといえるだろう。

また、小説の内容からみれば、この小説はゲーテの知人の自殺事件を内的動因として構想されたので、主人公を絶望させる必要があった。だから絵を描けない画家志望の青年、という設定が好都合だったということも考えられる。ゲーテは自分で描く絵に満足できず、才能のなさを実感していたので、おそらく、絵が描けないという無念な気持ちは書きやすかったのではないか。

しかし、ことはそう簡単ではないかもしれない。一七七一年五月十日の手紙をさらに考えてみよう。ここで、ウェルテルは自然の壮麗さに打たれ、それを絵に描こうとして、「おまえのなかにかくも十全にかくも熱く生きるものを紙に吹きこむことができて、それがおまえの魂の鏡となる、それが可能だったらいいのに」と嘆く。この「魂の鏡」とは、次の文に「おまえの魂は永遠なる神の鏡である」とあるので、ウェルテルの目的は神の鏡である自らの魂に映るものを絵画として表現する、というかなり高度なものとなる。だが、ウェルテルはこの手紙の最後を「私はこの諸現象の壮麗さの力に屈する」という文で閉じている。これはどういうことだろうか。

自然の諸現象の威力を前にして人間は屈服するしかない――じつはこの思想は、ゲーテが生涯にわたって抱いていた根本的思想である。つまり、嵐や大波を前にして物理的に人間が無力だということだけでなく、人は自然を「魂の鏡」として表現することができない、とゲーテは考えていたのである。これは人間が営む芸術一般にいえることだが、絵画の場合、次のように説明できる。近代に入って絵画は遠近法による写実を捨てて、自然の輝く光を表現する工夫を始めた。これが印象派の絵画であり、光を物理的に表現することを可能にした。しかし印象派は人の内面世界に写る諸現象をすべて捉えることはできなかった。では内面世界を描くにはどうしたらいいのか。二十世紀のドイツ表現主義絵画は、この問題を追求した。すると今度は絵画はどうなっただろうか。今度は輝く自然の光を失ったのである。視覚芸術である絵画には限界がある。なぜなら、自然の力は視覚だけでは捉えられない。自然はこの世のすべてを含んでいる。風、光、水などの移りゆくもの、岩石や石の結晶力、植物や動物の生命力、それを受け取る人間のあらゆる思想や感覚、さらに究極的には人には捉えられない何か、つまり神羅万象を含んでいるのだ。ウェルテルはこの自然のなかにあって幸福だ、と書く。しかし、その自然を描こうとするとかれは限界にぶつかる。これは必然である。だからウェルテルは画家にはなれない。画家志望という設定には、実現不可能なことを可能にするという〈無理〉が表現されている。これはウェルテルの本質である。

24項　なぜメルジーネの物語が出てくるのか？［1771年5月12日］

五月十二日の手紙の書き出しは、「この辺りには人を欺くような精霊が漂っているのか、それとも周囲を天国のようにする、天の温かい空想力が私の心のなかにあるのか、どちらなのかはわからない」である。このあとに井戸の話が出る。水の精メルジーネとその姉妹のように、自分もある井戸に呪縛される、とウェルテルは書く。これはどういう意味だろうか。

まずメルジーネを説明しよう。これは民衆本『麗わしのメルジーナ』の主人公で、上半身が人間、下半身が蛇の水の精だ。民衆本とは十五、六世紀に生まれた、一般の人向けの廉価な印刷本だ。内容は奇想天外なものが多かった（なお、『ウェルテル』では「メルジーネ」、この民衆本では「メルジーナ」となっている）。

民衆本『麗わしのメルジーナ』の特徴は異類婚、禁令破り、結婚の破綻である。異類婚は人間とは違う存在と結婚することだ。メルジーナは水の精で、毎週土曜日は本来の姿に戻り水浴びをしなくてはならず、結婚に際して土曜日を禁令の日（姿を見てはいけない日）とする。しかし、夫が禁令を破ることにより、メルジーナは二度と戻らぬ人となる。この結婚の破綻のあとは、物語はメルジーナの子供たちの戦いの話に展開していく。ゲーテは幼い頃、このメルジーナの民衆本を自分のお小遣いで買って読んでいた（『詩と真実』第一章）。

ではなぜウェルテルは井戸の話をするときに、この水の精の名前を挙げているのだろうか。それは、井戸がある場所がメルジーナの棲む異界だからだ。この物語は、主人公の男性が、育ての親である領主の殺害という大罪を犯して森をさまようところから始まる。かれは深い森に迷いこみ、ある井戸のそばでメルジーナに出会い結婚を決意する。彼女はかれを助ける魔的存在であり、妖術を用いて城や従者たちを出現させ、みずからの正体は明かすことなく盛大な結婚式を行う。民衆本『麗わしのメルジーナ』を翻訳した藤代幸一は、この物語が十五世紀から十六世紀に非常に人気があったのは、「現実と夢幻の間を自在に展開する浪漫的な怪しい世界」（351頁）を描いていたからだ、としている。

五月十二日の手紙で、ウェルテルの心にあるのはこの水の精の物語のイメージだ。出会いの予感と、それに伴う漠然とした不安がウェルテルを襲っているのだ。かれは次のように書いている。

小さな丘を下っていくと、石造りのアーチが見える。そこを二十段くらい降りると、下では大理石からきわめて透明な水が湧き出ている。上のほうには周りを囲う壁、この場のぐるりを覆っている背の高い木立、この場所の冷涼さ、これらはみな心を引きつけるものでもあり、ぞっとさせるものでもある。［1771年5月12日］

この「ぞっとさせる」感じは、民衆本『麗わしのメルジーナ』の世界と通じている。このように、小説のなかに別の物語をなにげなく入れるのは、小説に奥行きをつけるひとつの手法だ。『ウェルテル』ではこのような別の物語の挿入が各所で行われる。架空の世界が交錯する小説空間なのである。

なお、「井戸」というと日本人にはどうしても「堀井戸」が思い浮かぶが、『ウェルテル』の井戸は自然の湧き水を汲む場所で、背の高い木立と石の壁で囲まれている。この施設の入り口は石のアーチで、そこから石の階段が二十段あり、地下に大理石の水汲み場がある。ひんやりとした薄暗い場所なのである。

参考までに書くと、現在、ヴェツラーには「ゲーテの井戸」（Goethebrunnen）という水道施設の跡がある。ネットでヴェツラーの地図を見てみると、ヴェツラーの旧市街にあるヴェツラー聖堂からゲーテ通りを東に進むとヴェルバッハー門があった場所に着き、そこから山側へと向かっていくとこの「ゲーテの井戸」に着く。町の中にある史跡とは違い、見つけにくい場所かもしれないが、ヴェツラーに観光に行くようなことがあったら、地図を頼りに出かけてみてほしい。

25項　なぜ旧約聖書の物語が出てくるのか？［1771年5月12日］

『若きウェルテルの悩み』は主人公が自殺をするという内容を持っているので、哲学的にも道徳的にも宗教的にもネガティブな物語だ。だからこの小説はどう考えても、教育現場や宗教施設で教材として取り上げるには問題がある。ゲーテの代表作である『ファウスト』にしても、学問の限界に絶望した大学教授が自殺を図るが思い直し、悪魔に誘惑されて旅に出る、というあらすじを持っている。どう考えても不道徳だ。ゲーテの作品には常に悪魔的なもの、つまり社会常識の外にある〈根源的なエネルギー〉があることは否定できない。とくに『ウェルテル』では、ゲーテが若かったこともあり抑制が効かなかったので、このデモーニッシュな力がかなり赤裸々に表現されている。

しかし、運命の人であるロッテに出会う前、五月十二日の手紙では、ウェルテルの周囲はまだ平和だ。かれは町の外に石造りの井戸を見つけたとウィルヘルムに知らせ、そこで毎日一時間を過ごすと書き、なにげなく次のように記している。

するとと町から下働きの女の子たちが来て水を汲んでいく。たいした仕事ではないが、なくてはならない仕事だ。かつては王たちの娘たちがみずから果たしていた仕事だ。あそこに座っていると、父祖たちの考えが私のまわりに生き生きと蘇る。父祖たちが井戸のほとりで知り合いを作り求婚するさまや、井戸や湧水のほとりに恵み深い霊たちが浮遊するさまが浮かぶのだ。ああでも、夏のつらい徒歩での旅のあと、井戸で乾きをいやした経験がない人は、この感じはわかってもらえないだろうね。［1771年5月12日］

この部分の「父祖たち」（Altväter）とは旧約聖書創世記の三人の族長アブラハム、イサク、ヤコブを指すと考えられている。かれらはイスラエル民族の祖先だ。アブラハムはもとの名をアブラムといい、父親のテラに連れられてチグリス・ユーフラテス川流域の町ウルからハランに移動した。ハランは現在のトルコ南東部にあった町だ。ここでアブラムは、カナン（ヨルダン川・死海の西側地帯）へ赴けという神の召命を受ける。アブラムは九十九歳になったときに神からアブラハムという名を与えられて、諸国民の父とされた。アブラハムの息子がイサク、イサクの息子がヤコブだ。

この始祖たちの物語には折りにふれて井戸や泉が出てくる。アブラハムは多くの井戸を掘り、これが息子イサクの時代に「井戸をめぐる争い」（「創世記」［26章15～25節］）となった。また、アブラハムの側女ハガルは荒れ野の泉のそばで主の御使いと出会い、イサクやヤコブの嫁探しでは花嫁候補が井戸に水を汲みにくる。イサクの妻となるリベカは、町外れの井戸に水がめを肩に乗せてやってくるし、ヤコブの妻となるラケルは、羊の群れを連れて井戸にやってくる。

じつはゲーテはこの族長たちの物語が好きだった。少年の頃、ゲーテは休むことなく働く想像力に追われて「寓話、歴史、神話、宗教」の見境がなくなり混乱することがあった。そんなときかれはいつも旧約聖書の創世記を読んだ。三人の族長とヤコブの息子ヨセフの話をまとめて、自分なりの物語を作ったりもしている。少年のゲーテは「東方の地域」に逃れて落ち着きを取り戻したのだった（『詩と真実』第四章）。旧約聖書の創世記の物語はながいながい血縁の鎖でつながれて、時を経てようやく新約聖書の冒頭のイエス・キリストの系図に至る。この系図は「アブラハムはイサクをもうけ、イサクはヤコブを」（「マタイによる福音書」［1章2節］）で始まっている。少年ゲーテの心に安寧を与えたのは、この聖書の世界の首尾一貫性だった。井戸のそばに座るウェルテルは父祖の世界のイメージを体感している。かれの世界はまだ安定しているのだ。

26項　年上の女友達とは？［1771年5月17日］

美しい花が咲き誇る五月に、ウェルテルは新しい町に到着して、自分の居場所を探し始める。かれはそれまでの人間関係から離れて、生き直すつもりだ。五月十七日の手紙では、心を打ち明けられる人にはまだ出会っていないが、会食や気のおけないおしゃべり、遠乗りやダンスなどは自分にとって「良い作用」があるので、参加するようにしている、だが、自分の本当の能力を隠しているので苦しい、とウェルテルは書いている。ひとりの「女友達」の記述があるのは、このあとだ。

ああ、若い日の女友達は死んでしまった、ああ、私は彼女という人を知っていたんだ！　もし彼女を知らなかったら、私は自分に「おまえはなんて愚かなのか！　おまえはこの世では見いだせないものを求めているんだ」と言ってきかせるところだった。しかし、私にはあの人がいたんだ。私はあの心を感じた。偉大なる魂よ、あなたのそばにいれば、本当の私よりも自分が立派なように思えた。なぜなら私は最大限に自分自身でいられたからだ。神よ、あのとき私の魂はあますところなく力を発揮したのではなかったか、あの人の前では、私の心が自然を抱きしめるときの、あらゆる素晴らしい感情を見せることができたのではないか。私たちの交際は、繊細きわまる感情や鋭利な機知が織り上げた永遠の織物だったのではないか。その変幻自在なさまにはどんなときでも、たとえふざけ合っているときですら、天才の刻印がほどこされていたんだ。そして今は——ああ、彼女は私よりも年上だったので、私よりも先に墓へ入ってしまった。私は、彼女を、あのしっかりしたものの考え方を、神のような忍耐力をけっして忘れないだろう。［1771年5月17日］

ここで注目すべきは、「最大限に自分自身でいられた」という箇所だ。ウェルテルが求めたのは単なる交際ではなく、お互いの心をゆりうごかし、「繊細きわまる感情や鋭利な機知」を交わし合う交際だった。互いの魂の交流を求めていたのである。

なお、この「若い日の女友達」にはふたりのモデルが考えられる。ひとりは、クレッテンベルク（1723–1774）だ。ゲーテは一七六八年冬に原因不明の重病に陥り、この年の十二月七日に非常に危険な状態に一時なっている。ゲーテの魂と肉体は、このとき危機的な状況にあった。この苦しい時期に出会った女性が、クレッテンベルクだった。彼女は幼い頃から病弱だったが、独自の精神を持ち、魂の探求に身を捧げた宗教家だった。ゲーテは自伝『詩と真実』第十五章で、この女友達は世俗的人間の悩みに囚われることなく、常に正しい道をさし示してくれたと書いている。またのちにゲーテはこのクレッテンベルクの生涯をまとめて『ヴィルヘルム・マイスターの修業時代』（*Wilhelm Meisters Lehrjahre*, 1795–1796）第六巻に「美しいたましいの告白」（*Bekenntnisse einer schönen Seele*）というタイトルで掲載している。これは俗世を離れて独自の信仰の道を貫いた女性の自伝、という体裁をとっている。ゲーテと高い精神的な交流をした女性といえば、このクレッテンベルクがまず思い浮かぶ。だが彼女が亡くなったのは、一七七四年十二月十三日なので、『ヴェルテル』執筆中は生存していた。生きている人を亡き人として書けるのかという疑問が残る。

もうひとりは、ダルムシュタット感傷主義サークルのメンバー、ルシヨン（1745–1773）だ。ルシヨンはダルムシュタット宮廷の女官であり、サークルではウラニア（ギリシア神話「天文の女神」）という別名で呼ばれていた。この人も病を抱えた女性だった。一七七二年にゲーテはウラニアに捧げる詩「理想郷」を書いている。また、ルシヨンの死については一七七三年四月二十一日付の手紙で「今朝早くにかの人は埋葬された」と記している。この手紙でゲーテはルシヨンを「かけがえのない、みなに愛された女友達」と呼んでいる。のちにゲーテは、ルシヨンの死後に彼女が密かにゲーテを愛していたことを知ったとも回想している（『詩と真実』十二章）。

27項　なぜギリシア語なのか？［1771年5月17日］

一七七一年五月十七日の手紙には、ウェルテルが大学を出たばかりの若者に会う場面がある。ここでギリシア語が突然出てくる。なぜだろう？　次の場面だ。

何日か前に私はV……という若者に会った。陽気な若者でかなり幸運な顔相をしている。大学を出たばかりで、学があるのを鼻にかけているわけではないが、ほかの人より物知りだと思っている。実際かなり勉強している。いろいろ話すことから察するとね。要するにかれはけっこうな知識を持っている。私がおおいに絵を描き、ギリシア語もたしなむと聞いて話をしにきたわけだ。なにしろこのふたつは当地でふたつの彗星だからね。バトーからウッドまで、ド・ピールからウィンケルマンまで、たいそうな知識を並べてみせてくれた。ズルツァーの理論第一部を読了したとのこと。それにハイネの古典研究に関する手稿も所有しているとのこと。それは素晴らしいねと言っておいた。［1771年5月17日］

このV……という若者は大学を出たばかりで、ウェルテルが「おおいに絵を描き、ギリシア語もたしなむ」と知って話をしにきたのだ。「このふたつはこの地ではふたつの彗星」というのは、絵とギリシア語ができると、彗星のように大きな注目を浴びる、という意味だ。この比喩の背景には、一七七〇年のレクセル彗星（D/1770 L1）発見の影響がある。この大彗星は地球の近くを通りすぎたので各地で観測されているのだ。しかし、なぜ絵とギリシア語ができることが重要とみなされていたのだろうか。ここではギリシア語について少し説明したい。

まず、ギリシア語は、ヨーロッパで長く高等教育の必修語学のひとつだった。二十世紀になっても、ヘッセ（1877-1962）の『車輪の下』（*Unterm Rad*, 1906）に書かれているように、神学校の入試にはラテン語に加えてギリシア語が含まれていた。ヘッセの小説では、商人の人並み外れて優秀な息子ハンス・ギーベンラートが、町の大人たちの支援のもと神学校入学を目指す。これは当時の庶民の子が大学に行くたったひとつの道だった。神学校に入り、大学で神学を学んで聖職者か教師になることが、階級格差を乗り越える数少ない方法だったのだ。この小説は、このため主人公の少年が外遊びもせず、毎日受験勉強にあけくれるところから始まる。かれは通常の授業の後に校長からギリシア語の補習を受け、その後さらに牧師からラテン語と宗教の復習を手伝ってもらっている。

だが、なぜ神学を学ぶのにギリシア語が必要だったのだろうか。それは、ギリシア語が聖書の言語だったからだ。正確には、旧約聖書はヘブライ語とアラム語、新訳聖書はギリシア語で記されている。新訳聖書がギリシア語で記された理由は、使徒たちが最初にキリスト教を伝えた場所が、ギリシア語圏の地中海世界だったからだ。一方、旧約聖書はエジプトのアレクサンドリアでギリシア語に翻訳されている（なお、本格的なラテン語訳聖書は、四世紀のヒエロニムスの『ウルガタ』を待たなくてはならなかった）。この結果として、『車輪の下』の受験科目にギリシア語が入っているのだ。

なお、右の五月十七日の手紙で挙げられたバトーやウッド以下の項目の解説はこの場ではしないが、「ハイネの古典研究の手稿」だけは少し説明をしたい。なぜなら、ここに一七六五年、ゲーテ十六歳の年にかなわなかった夢が反映されているからだ。ゲーテはこのころ将来は古典言語学の大学教授になりたいと思っていた。具体的にはゲッティンゲン大学教授のハイネ（1729–1812）やミヒァエーリス（1717–1791）の門下に入ることが希望だった。しかし、ゲーテの願いはかなえられなかった。父親がライプツィヒ大学での法学研究を命じたからだ。「ハイネの古典研究の手稿」の「手稿」は、ハイネの講義に出席した学生が取ったノートのことだ。当時この手書きの講義録の価値は非常に高かったという。

28項　伏線は敷かれているのか？［1771年5月17日］

小説世界が現実と違う点は、伏線が敷いてあることだ。現実世界は小説とは異なり、偶然や意味のないことで満ちている。これは反対から見れば、小説世界には筋と関係のない偶然の出来事はあまり書かれていない、ということになる。だから意味がなさそうなことでも、丁寧に拾って読んだほうがいい。何かが書いてあれば、そこに何かが仕組まれているかもしれないのだ。

とはいえ、この考え方にはちょっとした用心も必要だ。芸術家というのは一筋縄ではいかないものなので、小説の常套手段を使わない作家もいる。たとえば、発想のおもむくままに小説を書いておき、あとで辻褄をあわせるというタイプの小説家もいるのだ。たとえば旅情ミステリー作家の内田康夫（1934-2018）がそうだった。かれは犯人をあらかじめ決めずに推理小説を書いていた。内田康夫は一九八〇年から毎年欠かさず作品を出版、年に十冊以上の本を出した年もあった。おそらくかれのなかには物語の太い流れのようなものがあって、それを引きだすことを第一に考えていたのだと思う。構想を立てたりすると、その流れが妨げられたのかもしれない。

また、そもそもストーリー展開にはあまり興味がないというタイプの小説家もいる。たとえば、カフカ（1883-1924）の作品などは、物語というよりは状況を綿密に追うことに主眼がある。これがよくわかるのは、『変身』（*Die Verwandlung*. 1915）という小説だ。この小説は、朝に主人公が目覚めると虫になっていたという内容を持つ。主人公はいつもと同じように出勤しようとするが、自分の身体を思うように動かせない。だから主人公はどこにも行けず、そのまま自室に留まるしかない。運動をしようとして家族にいやがられるシーンはひどく悲しい。この小説は筋を追うのではなく、日常生活の不条理を追体験することが主眼になっている。伏線も控えめである。

これらの作品に比べると『ウェルテル』の売りは、起伏のあるストーリー展開だ。手紙の集まりなのでまとまった印象が持ちにくいが、全体的に検討すると構成もしっかりしている。しかし、ゲーテ自身は自伝で、ながいあいだ密かに準備を整えたあと、「全体の見取り図、または部分の取り扱い」を紙に書かずに、「夢かうつつかという熱狂的な状況で」この作品を書いた、と述べている（『詩と真実』十三章）。だが、この自伝の記述については疑問を持つ研究者は多い。なぜならこの作品は詳細な計画がないと書けないような、緻密なものなのである。いずれにしても、この小説の構想についてはメモのようなものはあるが、綿密な図式のようなものは残されていないので、実際のところはわからない。だが少なくともゲーテの頭のなかには全体図があったはずだ。また、この本の手紙はみな必然的な内容を持っている。断片的な手紙にしても周到な計算を感じることがある。よく読むと伏線もしっかり敷かれている。だから『ウェルテル』を読むときは、伏線を探しながら読むとわかりやすい。

一番簡単な例としては、五月十七日の手紙の最後に置かれた「ひとりのおおらかで忠実な心の男性」の記述がある。この男性は領主の所領管理官なのだが、過日妻を亡くしてしまった。かれは、領主の許可を得て町中の邸宅から出て、町から一時間半ほどの距離にある「領主の狩猟用邸宅」に住まわせてもらっている。妻と暮らした町中の家にいるのがつらいからだ。子供が九人おり、とくに一番上の娘の評判がいいらしい。——ウェルテルはこの男性から自宅にくるよう誘われたとウィルヘルムに知らせる。このなにげなく書かれた部分は、まちがいなく伏線だ。この一番上の娘が、ヒロインのロッテなのである。

また、物語の筋において大きな意味を持つ伏線は、ウェルテルのお気に入りの「ワールハイム」という場所でも敷かれている。ここでなにげなく書かれていることが、あとで大きな意味をもってくるので、気をつけて読んでみてほしい。さらに、ホメロスとオシアンというふたつの叙事詩に関しても、物語に登場したら付箋などを貼っておき、あとで確認してみるといい。このふたつの叙事詩に注目しながら、『ウェルテル』を読むときっと面白いはずである。

29項　ロッテの父親の身分は？［1771年5月17日、15日］

ロッテの父親に関しては、前項でこの人の職業を「領主の所領管理官」と訳したが、身分はなんなのだろうか。「領主の所領管理官」と訳したドイツ語は、Fürstlicher Amtmann である。ゲーテ全集（潮出版社）では「公爵領の執政官」、新潮文庫では「公爵家の法官」となっている。いずれにしても貴族に仕える官吏という感じだろうか。

念のため、ロッテのモデルとなった実在のシャルロッテ・ブッフについて調べてみる。彼女の生まれた家はヴェツラーで Lottehaus（ロッテの家）という博物館になっている。これは一八六三年に市民によってロッテを記念して作られた博物館で、中には家具や調度品があり、現在は『ウェルテル』に関する展示室などもある。ゲーテは一八三二年に亡くなっているので、没後三十年あまりで『ウェルテル』関連の記念館ができたということだ。ヴェツラー市立美術館の館長（Dr. Anya Eichler）はデュッセルドルフのゲーテ博物館の動画（#GoetheMoMa: Goethe in Wetzlar Teil 1: Das Lottehaus）で、ヴェツラーが『ウェルテル』のモデルとされる人びとが住んでいた場所だったために、十九世紀半ばに観光客が多く訪れてコントロール不能な状況になり、そのため博物館が作られたと話している。

Lottehaus はシャルロッテ・ブッフの父、ハインリヒ・アダム・ブッフ（1711-1795）の家を改装したものだ。この家は一六五三年にドイツ騎士修道会の管区管理人用に建てられたもので、ハインリヒ・アダム・ブッフは一七五五年にヴェツラーのドイツ騎士修道会管区の Amtmann になっている。この Amtmann という呼称はおそらくかなり高い地位の人に与えられたものだ。なぜなら調べたかぎりではこれがブッフの経歴の最終履歴であり、一方でブッフはヴェツラーのドイツ騎士修道会の指導的立場にあったともあるからだ。十八世紀には Amtmann の仕事はすでに騎士修道会の世俗的業務を担うものとなっていた。実在のロッテの父親はヴェツラーの上流市民だったと考えられる。

メラーの『諸侯の国または市民国家』(*Fürstenstaat oder Bürgernation*, 1989) によると、一八〇〇年のハプスブルク家の所領を除くドイツ（一九三七年境界線）の人口はおよそ二千四百万人で、そのうち貴族は一パーセント、市民は二十四パーセント、農民は七十五パーセントと見積もられている。農民のうち農場所有者は三十五パーセントで、残りの四〇パーセントは土地を持たない貧農だった。この統計に聖職者は含まれていない。実在のロッテは、二十四パーセントの市民層のうちでも富裕な上流市民層の娘とみてよい。

ゲーテ自身は、帝国都市フランクフルトの上流市民の一人息子だった。父親は巨額の財産を持ち、フランクフルト市の名誉職に就いたあとは生涯働かずに、趣味と息子の養育を楽しみとして暮らした人だ。『ウェルテル』は、上流市民層の物語と考えてよいと思う。ゲーテは『ウェルテル』で、ロッテの父親を「領主の所領管理官」として、ドイツ騎士修道会の名前は出していない。だがいずれにしても、この父親は高い地位にある市民と考えられる。なぜなら、小説のロッテの父親は妻を亡くしたあと、領主の配慮で「領主の狩猟用邸宅」に住んでいるからだ。これはかなりの厚遇なので、低い地位の人にはありえないことだ。

なお、身分に関しては、ウェルテルは五月十五日の手紙で「われわれは平等ではなく、平等ではありえないとよくわかっている」と明確に述べている。しかし、だからといって「いわゆる下層民」に対して隔てのある態度をとるべきではない、ともかれは考えている。この「いわゆる下層民」とは、『ウェルテル』の作中では、市門の外の井戸に水を汲みにくる下働きの女の子や、ウェルテルやロッテに仕える従者や女中、また農村の住人などだ。『ウェルテル』の世界観は現代とは違うのである。

30項「制限」とは？［1771年5月17日、22日］

『ウェルテル』の手紙には、おおよそ二種類がある。ひとつは〈出来事を語る手紙〉、もうひとつは〈内面を語る手紙〉だ。ウェルテルは、五月十七日の手紙の最後に「さようなら！　こんな感じの手紙なら君もさぞ満足なことだろう。きわめて歴史的だからね」と書いている。この場合、「歴史的」というのは〈出来事を語る〉という意味だ。小説のなかでは、〈出来事を語る手紙〉がストーリーを前に進め、〈内面を語る手紙〉がウェルテルの心の世界を説明する仕組みになっている。この〈内面を語る手紙〉のなかで重要なもののひとつは、五月二十二日の手紙だ。ここで初めて「制限」（Einschränkung）という言葉が出る。

人間の人生はただの夢にすぎないと、そう思っている人はかなりいる。私もまたこの感情に引きずり回される。私は人間の活動的な探求する力が閉じこめられている制限を見つめる。すべての活動が必要を満たすために行われるのを見る。この必要というのは、われわれの哀れな存在を長引かせるためだけにある。すると、探求の際のなんらかの満足は全部、夢を見るに等しい諦めなのだとわかる。そのとき、人は自分が囚われている四方の壁を色とりどりの姿形や明るい景色で描いているのだ。このすべてが、ウィルヘルム、私を黙らせる。［1771年5月22日］

ここには人間は限られた世界で生きている、という『ウェルテル』の小説世界の根本的思想が表現されている。「人間の人生はただの夢にすぎない」はカルデロン（1600–1681）の戯曲『人生は夢』（*La vida es sueño*, 1636）を思いおこさせる。これは、ある王が王子誕生のおりに不吉な夢を見たことから、かれを山の洞窟に幽閉して育てるという内容を持つ。『人生は夢』という題名の由来は、王が成長した王子を眠らせて王宮に連れ戻し、王子が本当に危険人物なのかどうかを試す、というところから来ている。王子は王宮での暮らしを夢のなかと思いこむ。この戯曲はこの後さらなる展開を見せるのだが、『ウェルテル』の「制限」との関係でいえば「自分が囚われている四方の壁」の部分が類似している。だが、ゲーテがワイマル劇場の活性化のためにカルデロンを読んだのは一八〇二年以降だ。また、この場合、人の世の無常というよりは、ポイントは「制限」にある。ハンブルク版ゲーテ全集註解によれば、この「制限」はこの小説全体において重要な言葉で、人間の悩み一般を指すという。これは、なにか限りないものを求めて何度もその限界に突き当たる人間の悩みのことだ。

ウェルテルは、この人間の限界について、このことを悟ると自分は「私自身の内面に戻り、ひとつの世界を見いだす！」と書いている。この「ひとつの世界」は、「叙述や活動的な力のうちではなく、予感や暗い熱望」のなかにある。この世界を前にするとウェルテルにとって、「すべてが私の感覚の前で漂い、そのとき私はうっとりと夢を見ながら、その世界のなかに微笑みかける」のだ。かれは、この手紙を次のように終えている。

そうだ！　人は口を閉ざし、かれの世界を自身の内から造るのだ。そして、いかにかれが制限されていようとも、かれはいつでも心に自由の甘い感情を抱いている。そして、しようと思えばこの牢獄を去ることができるのだ。［1771年5月22日］

この最後の「この牢獄を去る」からは、多くの研究者が自殺の比喩を読みとっている。人生はただの夢であり、人は制限された生を生きるしかなく、あらゆる活動は生きるための必要に迫られてなされているだけ、なにかを成し遂げたかのように思うのは、夢をみているのであって、単なるあきらめに等しい。だから人間の活動からは目をそらして、自分の内面に予感や暗い熱望で満ちた世界を見いだすのみだ。——これがウェルテルのなかの世界だ。この考えの行き着くところは、この世を「牢獄」とみなす極端な考えだ。ウェルテルはロッテと出会う前から、このような悩みを抱える青年だったのである。

31項　ワールハイムとは？［1771年5月26日、6月21日］

Wahlheim（ワールハイム）という場所が初めて出るのは、一七七一年五月二十六日の手紙においてだ。ここでウェルテルは、「どこか秘密の場所に仮小屋を建てて、そこで贅沢などせずに暮らす」のが自分のいつものやり方だと書いている。念のために書くと、「場所」と訳したドイツ語は Platz（プラッツ）でなく Plätzchen（プレッツヒェン）である。この接尾辞の -chen は、自分だけのささやかな場所というニュアンスを付け加えるものだが、日本語にしにくいので訳していない。また、「仮小屋を建てて」とは、ゲーテ辞書（https://woerterbuchnetz.de/?sigle=GWB#0）を引くと、新約聖書の「マタイによる福音書」［17章4節］の言葉を暗示させる言い回しで、意味は「住みついて家の設備を整える」とある。この仮小屋に似た場所がワールハイムだ（「仮小屋」はドイツ語で Hüttchen であり、ここでは新共同訳聖書の訳語を用いている）。この村は町から一時間程度で行ける場所にある。

小説全体からみると、この手紙は場面設定の最後の部分になる。まずウェルテルがワールハイムで気に入ったのは、働き者で陽気な宿屋のおかみと、彼女が出すワイン、ビール、コーヒー、そして二本の菩提樹だ。この菩提樹の枝は広がっていて、教会の前の小さな広場をおおい隠している。広場は納屋・中庭付きの農家にぐるりを囲まれている。こんなに親密で人目がない場所はない、とウェルテルは書く。かれはおかみに頼んで菩提樹の枝の下に「私のテーブル」と「私の椅子」を出してもらい、「私のコーヒー」を飲み、「私のホメロス」を読む。

この村についての情報はこの程度で、あまり多くない。このほかに書かれているのは、ワールハイムが丘沿いにあること、ウェルテルはある晴れた午後に偶然ワールハイムの菩提樹の下まで来たこと、そのとき大人はみな畑仕事に出ていて子供だけが広場にいたこと、これだけである。だがワールハイムは、このあと、この小説において非常に重要な場所となる。ウェルテルがロッテに会ったあと、ここはウェルテルにとって町とロッテの住む家の中継点となるのだ。六月二十一日の手紙の最初は次のようになっている。

私は神が聖人たちに取っておいてくださったような、幸福な日々を送っている。だから私にこの先どんなことがあろうとも、私が喜びを、人生のもっとも純粋な喜びを、享受しなかった、などと言うことは許されない。君はワールハイムがどんなところか知っているよね。そこに私は完全に住みついた。そこからならたった半時間でロッテのところに行けるんだ。そこで私は自分が自分だと思えるし、人間に与えられたあらゆる幸福を感じるんだ。［1771年6月21日］

ここで問題となるのは、「完全に住みついた（völlig etabiert）」という言葉だ。15項で述べたように、そもそも『ウェルテル』では主人公の住処に関する詳しい説明がない。ウェルテルはワールハイムに実際に住みついたのか、それとも「完全に住みついた」は〈頻繁に来る〉という意の比喩なのか、どちらなのか。――これを気にする研究者もいる。たとえば、エジンバラ大学のガスキル（Howard Gaskill）が「宿屋の一室？　ワールハイムのウェルテル」（2023年3月21日）というエッセイを書き、〈ウェルテルがワールハイムに居住している〉とするのは間違っていると主張し、ウェルテルが宿屋の一室を借りていたという説を提出している。根拠は「私のテーブル」と「私の椅子」を「おかみ」に外に出してもらい、コーヒーを出してもらっているからだ。また、ワールハイムに「完全に住みついた」を、ガスキルは六月二十一日の手紙の「朝、日の出とともに私のワールハイムへ出発し、そこのおかみの庭で……」の文と、文中の「そこ」（dort）という言葉で否定しようとしている。だが、そもそもこの小説世界は主人公の心象風景なので、かれがどこに住んでいたかは、それほど問題ではないのではないか。心のなかの世界はあいまいで、大事なところのみ浮き上がって見えるものだ。この場面を読むと目に浮かぶのは、働き者で陽気なおかみと、菩提樹の木の下のテーブルだ。ウェルテルは、自分にとって大切なことだけを手紙に書いているのである。

32項　「天才という川の氾濫」とは？［1771年5月26日］

一七七一年五月二十六日書簡の最後は、「天才という川の氾濫」の話で終わる。ここでウェルテルは、市民社会には規則が必要だが、同時にどんな規則であっても「自然の真の感情、その真の表現を台なしにする」と書き、ちょっと我慢すればいいという問題ではないとする。比喩としてかれが出しているのが、恋愛だ。これは愛し方の問題だ。ウェルテルは、恋する青年は一日中どんなときも彼女のそばにいて、全身全霊をかけて彼女に愛を伝えるべきだと書く。公的な役職についている俗物は、女性に使う時間は余暇のみ、プレゼントは誕生日や洗礼名の日と決めておき、時間や資金を有効に使えというかもしれないが、それは人を愛するということではない、ましてやその男が芸術家であったら、かれの芸術は終わりだ――これがウェルテルの意見だ。このあとにつぎの比喩が続く。

ああ、友よ！　なぜ天才の大河の流れがめったに氾濫しないのか、なぜ高波となって流れこみ、諸君のおののく魂を揺さぶらないのか、わかるか？　流れの両岸に沈着冷静な奴らが住んでいるからだ。氾濫があれば、あいつらの庭のあずまや、チューリップの花壇、ハーブ畑は水中に沈むはずだが、しかしそうはならない。あいつらは堤防で水を堰きとめたり、流れを変えたり、やがてきたるべき危険をふせぐすべを知っているんだ。［1771年5月26日］

この「天才の大河の流れ」という言葉は現代では理解しにくい。普通の場合、だからなんなの、という気持ちになる。現代人にとって天才はあまり見かけない人たちだ。私たちにとって大切なのは近くにいる普通の人びとであり、インターネットにあふれる言葉の渦であり、ひとりひとりの好きなことだ。天才ってなんなのだろう、と私も思う。しかし、ウェルテルはこの「天才の大河の流れ」という言葉を真剣に使っている。自身のうちに大河の流れのような激しい感情があふれ出るのを感じている。そして、その流れは周りの常識的で冷静な大人たちによって堰き止められようとしているのだ。

この感覚は、たとえばベートーヴェン（1770-1827）の交響曲三番『エロイカ』の第一楽章出だしの感覚だ。二〇〇三年BBC制作ドラマ『エロイカ』は、ベートーヴェンのパトロン、ロプコヴィッツ公爵（1772-1816）の館で行われた『エロイカ』初演を描いたものだ。このドラマを見ると当時の社会における芸術家の立ち位置がよくわかる。このドラマは、芸術家が貴族の使用人だった世界を表現している。だがこの状況下、ベートーヴェンはなにものにも縛られず、自分の激情を力強く表現し、自立的な芸術家であろうとする。この緊張感あふれる関係は、現在のように芸術家がコピーライトに守られて、経済的に自立している状態とは明らかに違う。『エロイカ』初演は一八〇四年のことだったが、当時のドイツの芸術家の多くは、いまだに宮廷や貴族に仕えて生計を立てていた。ベートーヴェンの祖父や父はボンのケルン選帝侯宮廷に仕える宮廷奏者だったので、ベートーヴェンも同様の人生を送っても不思議ではなかっただろう。だが、かれは一七九六年以降ウィーンに定住して、演奏会を行ったり、貴族の後援者を得ることで芸術家としての独立性を保とうと努力している。収入を得るための演奏旅行も行っている。とはいえ、かれはビートルズのように自分の好きなように曲を書いて、巨万の富を手にいれることはできなかった。つまり、当時の「天才の大河の流れ」はお金や社会規範によって、心ならずも堰き止められることがあった。だから、その分だけ現在よりも激しく、あらゆるものを超越する必要があったのだ。

それまでの古くさい中世的世界、教会と宮廷がこの世のすべてのような世界、自由に表現することを禁じる世界、自分たちを制限して退屈な凡人にしようとする世界、そういうものに決別したい、心のなかにあふれる思いをすべて吐きだしてしまいたい——これはベートーヴェンの願いであり、ウェルテルの願いだった。これを実現するには「大河の氾濫」ほどのエネルギーが必要だったことは、ベートーヴェンの交響曲を聴くとなんとなくわかると思う。

33項　ウェルテルにとってのホメロスとは？〔1771年5月26日〕

ウェルテルはワールハイムでホメロスを読む。これはどういうことだろうか。まずホメロスについて説明したい。ホメロスは、古代ギリシアの二大叙事詩『イリアス』と『オデュッセイア』の作者とされる人だ。おおよそのところを時系列でまとめれば、ホメロスが描いたトロイア戦争は紀元前一二〇〇年頃、詩篇の成立は前八世紀、文書として固定されたのは前六世紀とされる。アレクサンドリアの図書館ができたのは前三世紀であり、パピルスに書かれていたホメロスの詩篇の研究はこの頃から専門職員の手で行われるようになった。以来、この古い叙事詩の研究は二千年の時をはるかに超えて続けられてきた。研究における二次資料が山のようにあり、星の数ほどの学者たちが生涯をかけて研究を続けてきたのだ。

ド・ロミーイ（1913–2010）は、そのような学者たちの系譜につながる人だが、一般向けに『ホメロス』という本を書き、これが邦訳されている。このアカデミー・フランセーズ正式会員にしてコレージュ・ド・フランス教授の碩学は、「多数の歴史的・地理的な議論、二大叙事詩の成立にかかわる諸問題についての論争に立ちいることは」せずに、ホメロス紹介の書を書くという、はなれ技をここでやってのけている。

彼女によれば、重要なのは、ふたつの詩篇が雄大さにもかかわらず「統一感はゆるぎなく、構成は『イリアス』において鮮やかであり、『オデュッセイア』において精緻をきわめ、全体的にみて奇蹟ともいうべき完璧な立体構造をなしている」（有田潤訳『ホメロス』57頁）ことである。さらに、ド・ロミーイは次のような指摘をしている。

ホメロスが登場させる人物はふつうの人間ではない。英雄である。（訳注省略）

だがこの語の意味を明確にする必要がある。これはギリシア語で通常神格化された人間を意味し、その死後、人びとから崇敬を受けた者である。ところがこの語の意味は、ホメロスでは――ホメロスがもとでその後のすべての文学においても――これと違っている。この語は完成された人間、他に優越する「最上の」人間を指し、しかも彼らは、神々や女神たちの子であっても、あくまでただの「死すべき者」である。〔前掲書124頁〕

つまりポイントは、アキレウス、アガメムノン、オデュッセウスらの英雄は不死の存在ではなく、いずれも私たちと同じ人間であることだ。ド・ロミーイは「戦闘と死、死と危険の一杯つまった両詩篇を読むとき、その究極の印象がきわめて人間的な情景に終わる、というパラドックスを説明しうる」（前掲書139〜140頁）一例としてアキレウスの人間的な苦悩を挙げている。アキレウスは、自軍の総帥アガメムノンに虜囚の女を奪われたことで激しく怒り、戦線から離れるが、親友がプリアモスの息子ヘクトルに殺されると、仇をとるためにヘクトルに戦いを挑む。自身の虜囚を奪われたときの怒りや親友の死に際しての悲しみと憤りは、非常に人間的だ。この人間臭さが英雄アキレウスと普通の人びとを結びつけ、なおかつ英雄だからこそそのスケールの大きな行為とそれが生み出す悲劇が人びとの心を打つのである。

さらに、ホメロスがヨーロッパの古典となったのは、その〈言葉の特殊性〉のためでもある。これらの叙事詩は古代ギリシア語で書かれ、後にラテン語に翻訳された。27項に書いたように、このふたつの言語は聖書の言語であるため、高等教育の場での必修語学だった。だからギリシア・ローマ時代の書籍であれば、たとえ異邦人の話であってもキリスト教の教義に適合していなくても、〈語学の教材〉として認められたのだ。

ゲーテも古典語を勉強し、ライプツィヒ大学では古典文献学教授エルネスティ（1707-1781）のキケロ（106 BC-43 BC）の講義を聴いている。ホメロスを読むウェルテルは、ド・ロミーイのいうところの「その構成を貫く比類ない調和」（前掲書57頁）の世界に浸り、晴々とした気持ちで英雄たちの行いを夢見ることができたのである。

34項　ルソーの教育思想？［1771年5月26日、27日］

『若きウェルテルの悩み』出版年の一七七四年に、ドイツのデッサウという町にバーゼドウ（1724-1790）の新しい学校が誕生した。この学校は、ルソー（1712-1778）の『エミール』（1762）の影響下に生まれた汎愛主義教育を標榜していた。ルソーの教育思想でもっとも重要なのは、子供という存在に光を当てて、それが実際の教育改革に結びついたことだ。子供は〈小さな大人〉ではないので、〈子供の自然〉に合わせて育てるべきであり、百科事典的知識を詰めこむ教育ではなく、その発達段階に合わせた教育が必要だ、というルソーの考えが教育関係者の目を開いたのである。

この新しい子供観は『ウェルテル』からも読みとることができる。ウェルテルの子供観は五月二十六日と二十七日の手紙に書かれており、それは子供を〈自然の存在〉とみなして理想化する、という特徴を持っている。とはいえ作者ゲーテはバーゼドウのような教育者ではなかったので、ここでは教育論ではなく主に芸術論に関する考察をウェルテルに展開させている。

まずウェルテルは、お気に入りの場所ワールハイムで、地面に座った男の子（およそ四歳）がその弟（およそ六カ月）を両足のあいだに置いて両手で胸に抱えている姿を見る。

この眺めは面白かった。私は反対側にあった鋤の上に腰をおろして、この兄弟の姿勢を楽しい思いで絵に描き、隣の垣根や納屋の門、壊れた車輪の輪などをあるがままに書き足した。一時間ほど書くと、自分の考えなど付け足さなくても、良い配列の非常に面白い絵ができあがっていた。［1771年5月26日］

かれはこの絵がうまくかけたので、「これからは自然のみを頼りとする」という以前からの心構えが正しかったと思い、「自然のみが果てしなく豊かであり、自然のみが偉大な芸術家を育てる」と書く。

さらに、ウェルテルは五月二十七日の手紙で、子供たちの母と上の兄についても書いている。母親は、子供たちの父親が遺産の問題でスイスに出かけているという。上の兄はとても元気のよい子供で、野原でガチョウを追ったあと、走って帰ってくる。このような〈無邪気な子供〉を登場させている。これはウェルテルが求める何ものにも縛られない〈子供のような自然〉と対応している。ウェルテルは、大人と違って子供は純真で汚れのない、自然の存在だと考えている。

しかし指摘しておくべきは、やはりこのような子供像は理念的なものにすぎないことだろう。たしかに子供は大人よりも純粋なのかもしれないが、どう考えても天使ではない。天使なのは寝てくれた顔だけというのは、どの親でも思うことではないか。ウェルテルが書くように一時間も絵のモデルになってくれる、辛抱強い子供はいないような気がする。

また、ちょっと話がずれるが、子供の現実がわかる一例を挙げれば、当時はまだ赤ん坊を布できっちりと巻くスワドリング・バンドの慣習が残っていた。『こども服の歴史』の用語集では、スワドリング・バンドは「生まれてから数ヶ月間の赤ん坊の身体に巻く、15センチ程度の幅で、3メートルほどの長さの麻や綿の帯状布。中世に始まり、18世紀まで続き、一部には19世紀にも用いられた」（286頁）と説明されている。また、本文中では、この慣習が世界の大半の地域でおそらく聖書時代以前から存在していたとも推測されている。大人は幼児をくるんで荷物状にして持ち運び、場合によっては置いておき、「必要とあれば釘に引っかけておく」（13頁）ことができた。『ウェルテル』では六カ月の赤ん坊は兄の腕のなかにいる。かれは布で繭のように巻かれていただろうか？ルソーはスワドリング・バンドを批判しているが、これについてゲーテはなにも書いていない。

第三章

出会いと別れ

［第一部　1771年６月16日～９月10日］

35項　ロッテとの出会いはどんなものだったのか？［1771年6月16日］

ロッテとの出会いを書いた六月十六日の手紙は、次のように始まる。

なぜ手紙を書かないのかというんだね。そんな質問をするとは、きみも学者の仲間だな。私が元気かどうかぐらいわかるはずだよ、つまり——端的にいえば、私の心に訴えるようなある出会いがあったんだ。私はね——どう書けばいいのかわからない。

この上なく愛らしいあの人と出会った成り行きを、きみに順序正しく話すのは難しい。私は心楽しく幸福だが、良い歴史作家じゃないのだからね。

この手紙の書き出しは、ウェルテルの心がこの「愛らしいあの人」で一杯になっていて、冷静に客観的にウィルヘルムにことの次第を書くことができない状態だということを示す。かれは、「天使！」と書いて書きあぐむ。なぜなら、天使という言葉で言い表すことができないほど、彼女は完璧な人なのだ。ここでウェルテルは、手紙を書き始めてから、もう三回も筆を投げ出して、馬に鞍を置かせようとしたと書く。そして朝に今日は出かけないと誓ったにもかかわらず、窓辺に行って太陽の位置を確認してしまうんだと嘆く。このあと一旦手紙は途切れる。がまんできずにウェルテルが彼女に会いに行ってしまったからだ。

このように手紙に〈書き手の行為〉が挿入されるのは、書簡体小説のテクニックだ。このあと、つまり夕方になりバターをつけたパンを食べながら、かれはようやくことの次第を詳しく書く。読み手にはウェルテルが馬を駆ってロッテに会いに行き、彼女に会えたうれしさに有頂天になり、急いで駆け戻り、とるものもとりあえずパンをかじりながら手紙を書いているさまが浮かんでくる。ウェルテルの筆は気持ちよく走り始める。

最初のシーンは舞踏会に行く馬車の中だ。「シャルロッテ・S……」を途中で拾いに行くために、ウェルテルは連れのふたりの女性とともに、きれいに伐採された広い森を通り抜けていく。このシャルロッテがヒロインのロッテである。ふたりの女性は口々にロッテはきれいな人だけれどもう決まった人がいて、その人は今はここにはいない、という。とても良い人で父親の遺産も手に入る予定だとのこと。彼女を好きにならないようにね。――このような軽口をウェルテルはうけながす。どうでもいいことだった、とかれはウィルヘルムに書く。しかし、この時点ですでに物語の枠組みは確定される。つまり、これは婚約者がいる人を愛してしまう話なのだ。次のシーンの始まりは伏線である。ロッテの家の入り口に馬車が差しかかったとき、辺りは蒸し暑く、地平線一帯には薄い灰色の蒸気を含んだ雲がある。女性たちは雷がくるかもしれないと不安がる。天候が崩れるかもしれない、とウェルテルも思う。そこへロッテとの出会いの場面が次のように続く。

私は馬車を降りた。すると女中がひとり門のところに出てきて、少しお待ちいただけますか、ロッテお嬢様はすぐにいらっしゃいます、と告げた。私は中庭を通り抜けて、立派なつくりの館に向かった。そして館に続く段を駆け上がって玄関口に入ったとき、私の目には見たこともないような魅力的な場面がとびこんできた。玄関ホールには、十一歳から二歳までの六人の子供たちが、美しい、中背の女の子を囲んで集まっていた。彼女は、腕と胸に淡紅色のリボンのついた簡素な白いドレスを来ていた。黒パンを抱えていて、周りの子供たちの年や食欲に応じてそれを切り分けては、本当に優しい様子でひとりひとりに与えていた。［1771年6月16日］

この場面の「六人の子供たち」はロッテの弟や妹だ。かれらの母親が病で亡くなったので、長女のロッテが母親の代わりをしているのだ。舞踏会に行くためのドレスを着ていても、黒パンを切り分けて子供たちに配る日課を忘れない人――きれいで優しくしっかり者で家族に尽くす女の子、それがロッテなのである。

36項　ロッテはどんな服装をしていたか？［1771年6月16日］

昔の本を読むときに文字だけではイメージがわかないことがある。まして遠い国の話となればなおさらだ。しかし、ありがたいことに『ウェルテル』はよく売れた本だったので、何枚かの挿絵が残されている。とくにヒンブルク版『ゲーテ著作集』第一巻（1775）に収められた『ウェルテル』には三枚のホドヴィエツキ（1726–1801）によるとされる挿絵があり、この挿絵からは当時の人たちのロッテ像を知ることができる。なお、このヒンブルク版は、じつは海賊版だった。海賊版とは著者の了解なしに出版者が勝手に出した版を指す。著作権法がなかった当時、出版者は海賊版によって大きな収益を上げることができた。ヒンブルク版『ゲーテ著作集』は第一版（三巻本）が一七七五年から一七七六年にかけて出版され、第二版（三巻本）が一七七七年、第三版（四巻本）が一七七九年に出ている。このような次第でヒンブルク版の内容はおおいに怪しいのだが、当時のロッテ像の特徴を検証するには格好の対象であると考える。理由は、この版がとてもよく売れたとされるからである。

現在、この本はワイマルのアンナ・アマーリア図書館に収蔵されており、デジタル版がインターネットに公開されている（https://haab-digital.klassik-stiftung.de/viewer/image/1764251172/2/）。一枚はウェルテルとロッテの出会いの場面、一枚はウェルテルがロッテとアルベルトに別れを告げる場面、一枚は自殺をしたウェルテルがベッドに横たわる場面だ。だがこれらの銅版画は二十一世紀の私たちの感性にはあまり訴えかけない。その理由は当時と現在の芸術的感性がまったく違うからだ。まずヒンブルク版の銅版画は漫画やアニメのようなクローズアップを用いておらず、登場人物の全身を描いている。たとえば出会いの場では、後景左の戸口に立つウェルテル、前景右にロッテ、ロッテの周囲に子供たちが立っている。画家自身の思い入れのようなものはなく、全員の表情は静止している。まさに静止画なのだ。

また、ロッテ、子供たち、ウェルテルはいずれも〈貴族の服装をお手本にした市民の服〉を着ている。ロッテは貴族のようなロココ調のドレスを着て、髪は油をつけて固めて高く結い上げている。子供たちは大人とほぼ同じ服、同じ髪型をしている。子供が着やすい子供服がヨーロッパに広まったのは、十八世紀から十九世紀にかけてのことだった。ウェルテルはといえば、なんとかかつらを被っている。このかつらは、バッハ、ハイドン、モーツァルトも被っていた。これはフランスのベルサイユ宮殿からヨーロッパ中の宮廷に広まったもので、市民が貴族の前に出る場合の正装の一部だった。

つまり、一七七五年の時点では、まだ絶対主義王政の文化が全ヨーロッパを支配しており、社交界はフランスの宮廷モード一色だったのだ。フランス革命まで十四年。市民は貴族に従属していた。しかし、ゲーテがロッテは「腕と胸に淡紅色のリボンのついた簡素な白いドレス」を着ていたと書いたとき、かれの頭のなかにはレース、リボン、刺繍で飾り立てられた貴族の豪華な絹の衣装は浮かんでいなかったはずだ。ロッテの舞踏会用のドレスはあくまで市民のスタイルだった。このドレスにはゲーテの感性の新しさがたしかに感じられる。ヒンブルク版挿絵のスタイルはゲーテからみると、一世代前のものだったのだ。

この子供たちに囲まれるロッテのイメージは、のちにフランス革命、ナポレオン戦争、二月革命、三月革命を経て、市民が力を得ていくにつれ変化する。日本では製菓会社ロッテの社名が『ウェルテル』のロッテからきているのは有名だ。公式ホームページには社名の由来は「ロッテのように世界中の人びとから愛される会社になりたい」という願いだったとある。公式ホームページに貼られている絵の原画は、十九世紀の画家カウルバッハ(1805-1874)のものだ。カウルバッハのロッテは、ディズニーのようなロマンチックな舞踏会用ドレスを着ている。子供たちにも動きがあり、悪戯をしている子もいる。ゲーテは「お口の恋人ロッテ」というキャッチフレーズを知ったらなんというだろうか。想像してみると面白い。

37項　ロッテはどんな本を読んでいたのか？［1771年6月16日］

ウェルテルがロッテに夢中になった理由は多くあるが、そのひとつは、〈本の話で盛り上がれる〉ということだ。舞踏会に向かう馬車の中でロッテが挙げた本については、二冊だけが書名を推測できる。それは、フランスのリッコボーニ（1713-1792）の書簡体小説『ミス・ジェニーの物語』(*Histoire de Miss Jenny*, 1764）とイギリスのゴールドスミス（1728?-1774）の小説『ウェイクフィールドの牧師』（*The Vicar of Wakefield A Tale, Supposed to be written by Himself*, 1766）だ。前者はイギリス感傷主義の影響下に書かれたもので、ヒロインが次々と苦難にあうがそれを乗り越えるという話だ。後者は、牧師の幸福な家庭が崩壊するがラストで幸運に恵まれるという筋立てだ。ミス・ジェニーについて、ロッテは次のように語っている。

いまより若かったときは、なによりも小説が好きでした。あの楽しさは誰にもわからないでしょう。日曜日になるとどこか隅に座って、ミス・ジェニーの幸運や災難に引きこまれて自分のことのように読んだものです。ああいう本なら今でもかなり面白いはずです。でも最近は本を読む時間があまりなくて、だから読む本は私の趣味にあったものでなくてはと思うんです。私の好きな作家は、そこに私の世界が再現されていて、身の周りにあるような話で、でもその話が自分の家の暮らしのようにとても面白くて心に迫るような作家です。私の暮らしはもちろんパラダイスではないけれど、でも全体としては、言葉にできないほどの幸福の源なんです。［1771年6月16日］

このあとロッテは同様の文脈で『ウェイクフィールドの牧師』の話もするが、これについてはウェルテルは詳しく書いていない。理由はウェイクフィールドに関するロッテの話を聞いてウェルテルは感動のあまり、社交的な気配りなどせず、この小説に関する自身の考えをぶちまけてしまったからだ。これは馬車の中のロッテ以外の女性たちには興味が持てないことであり、車内の雰囲気は白けたものとなる。

これはなぜだろうか？——彼女たちは本を読んでいるので、当時としては恵まれた環境で育った人たちである。当時は男女を問わず識字率が低かった。字が読めて本を手に取ることができるのは、貴族階級かある程度の資産のある市民階級の人たちに限られていた。とはいえ、当時の女性教育は現在とまったく違い、非常に不十分で、せいぜい初等教育どまりだった。良家の子女には本やピアノが与えられたが、これらは一種の嫁入り支度であり、人並み程度のことが出来ればそれでよいとされていた。大学の門は女性には閉ざされていた。そのため、おそらく馬車の中の女性たちは普段であれば本について通り一遍のことを話すだけで、読書観を語り合うことはなかったのではないか。

けれども、ロッテは同乗の女性には理解できないような、小説に関する独自の見解を持っていた。それは自分が置かれた環境の幸福を描いた、面白くて心にせまる話が読みたいというものだった。素朴な考えではあるが〈意見を言えること〉そのものに価値があり、ウェルテルを感激させたのだと思う。

だがそれにしても、『ミス・ジェニーの物語』はフランス語、『ウェイクフィールドの牧師』は英語で書かれている。ロッテは外国語を読むことができたのだろうか？——これについてはゲーテはなにも書いていない。しかし、この二冊には書籍業者ライヒ（1717-1787）が出したドイツ語の翻訳があった。『ミス・ジェニーの物語』は一七六四年、『ウェイクフィールドの牧師』は一七六七年に初訳が出ている。このライヒは七年戦争（1756-1763）の直前にロンドンに短期間だが滞在しており、英国文学を積極的にドイツに導入した書籍業者だった。また、新たな販路拡大を狙って女性の読者の獲得にも熱心で、女性向けの娯楽文学の出版にも力を入れている。ロッテの読書には当時の出版状況も反映しているのである。

38項 「ロッテの黒い目」とは？ ［1771年6月16日］

ウェルテルの手紙には「ロッテの黒い目」がよく出てくる。この目は原文で複数形なので厳密にいうと黒い両目だ。この黒い目がはじめて出るのは、舞踏会に向かう馬車の中だ。ロッテは本の話をする。

話を聞きながら、黒い目を大いに楽しくながめ、よく動く唇、潑剌とした血色のよい頰に大いに惹きつけられた。どんなに彼女の話にどっぷり浸ったことか。話される言葉が耳によく入らなかったほどだ。この私の感じ、君ならわかるだろう。だからダンス会場に着いたときは、夢遊病者のような有様で馬車から降りた。暮れなずむ世界のなか、まるで夢のなかにいるようだった。輝く広間から流れ落ちる音楽にも気がつかないくらいだった。［1771年6月16日］

この場面をよく読むと、ウェルテルがロッテに強く惹かれた原因がじつは言葉そのものではなく、よく動く明晰なロッテの頭脳だったことがわかる。精神が黒い両目から輝き出て、言葉がやつぎばやに唇から出る。楽しくて頰が上気する。――ここでは、単なる精神的な動きのみではなく、それが肉体的な輝きとして現れ、ウェルテルを夢見心地にさせているのだ。

それにしても、なぜロッテは黒い目を輝かせて本の話をしたのか。ポイントは、この本の話がドレスや帽子、それに舞踏会の出席者のうわさ話など、雑談のひとつとして始まっていることだ。「最近送った本はもう読んだの？」という質問に「あの本は気に入らなかった」とロッテは答える。おそらくウェルテルがその場にいなければ、ここで本の話は終わっただろう。単なる雑談なのだから。でもこの日は、馬車の中にウェルテルという人がいた。ロッテが「前の本も同じだったけれど」と言うと、かれが「それはなんという本なのですか」と尋ねる。

この部分は次のように書かれている。

彼女が言ったこと全部にとても独自性があると思った。言葉を発するたびに、彼女の顔から精神の新たな刺激、新たな輝きが放たれるのを見た。それは、次第に楽しげに展開されるようだった。私が話をわかっていると感じたからだった。［1771年6月16日］

ロッテが生きた十八世紀後半のドイツでは、〈女らしさ〉の枠が今よりきつかった。難しいことを考えるのは男の仕事で、女性は優しく明るく気が利いていればよいとされた。しかし、この場面では、ロッテは良い聞き手を得たことで常よりも多くを語り、一方ウェルテルはロッテの話に触発されてハイテンションで本の話を展開させる。この〈ふたりだけで盛り上がってしまった本の話〉は、ロッテとウェルテルの関係性を予告している。ウェルテルは始めから社会の慣習の外にいるが、ロッテはこの枠のなかにいてなにか満たされないものを抱えている。だからロッテは、ダンス会場に向かう高揚感のなかで次のように言う。

話題はダンスの楽しさについてになった。ダンス熱が過ちだとしても、ここだけの話ですが、ダンスを越えるものはないと思うんです、とロッテは言った。だから考えごとがあると、調子外れの私のピアノで、コントルダンスの曲をがんがん弾くんです。それでさっぱりするんです。［1771年6月16日］

本やピアノ、それにダンスは未婚の女性にかろうじて許された〈自由な世界〉への扉だった。ロッテがピアノを弾く姿は、このあとも度々出てくる（コントルダンスについては次項を参照のこと）。ロッテの黒い目はダンスのときにも輝きを放出する。舞踏会の場面を読んで、この箇所をぜひ探してみてほしい。

39項　舞踏会とはなんなのか？［1771年6月16日］

ウェルテルがロッテと出会ったきっかけは、舞踏会の開催だ。ウェルテルはこの舞踏会について企画したのは周囲の若い人びとだったと書いている。つまりこの舞踏会は市民の若者が企画したもので、宮廷の舞踏会ではなかった。ゲーテの自伝『詩と真実』を読むと、若い人たちがじつに楽しげに集まってワインを飲んだり、遠出をしたり、ダンスをしたり、さまざまな娯楽に興じていることがわかる。ゲーテはとても社交的な人だった。自伝では自分には「神経過敏なところ」があったと書いているが、大学生のゲーテの周囲には多くの人が集まっていた。たぶんゲーテは一緒に遊ぶのに楽しい人だった。ダンスも好きだった。

『ウェルテル』の舞踏会の会場は城壁で囲まれた町の外、つまり畑、野原、森が広がる自然のなかにある。ダンス会場についてはLusthausとあり、これはおそらく社交的な催しのために建てられた娯楽施設のことだ。この会場のイメージがわきにくいのだが、舞踏会の途中で雷鳴がダンス音楽よりも大きくなり、ダンスの音楽が止まり、恐ろしさに顔をゆがめて泣き叫ぶ女性が出ると、「おかみ」が現れて、人びとを鎧戸とカーテンがある部屋に誘導している。この女性はおそらくこの会場の世話係のような人だ。また、この場面では、男性たちの一団が階下に降りてパイプをくゆらせたともあるので、この施設は少なくとも二階建ての建物であることがわかる。

ではこの舞踏会でどんなダンスが踊られていたのだろうか。『ウェルテル』では、メヌエット、コントルダンス、さらにイギリスダンスとドイツダンスが踊られている。少し説明しよう。まず、メヌエットはフランスで十七世紀に生まれている。これは太陽王、ルイ十四世（1638-1715）も踊ったダンスで、集団でステップを踏んで踊る、かなり難しいものだ。ステップを踏みながら進むコースも定められており、ベルサイユ宮殿で踊られるにふさわしい優雅なものだった。コントルダンスは、イギリスのカントリー・ダンスがルイ十四世の宮廷に伝わってフランス語のコントルダンスとなったものという。これも一定の幾何学的配列に並んで行う集団ダンスである。

イギリスダンスとドイツダンスに関しては、具体的にどんな踊りなのかはわからない。ただし、ドイツダンスは民衆が踊っていた激しい回転踊りが一般化したもので、この〈回転する（walzen ワルツェン）〉という動詞がワルツの語源になっている。ちなみにウィンナ・ワルツはウィーン会議（1815–16）を機として急速に人気が高まったダンスであり、ドイツダンスとは異なる。ドイツダンスは、『ドイツ十八世紀の文化と社会』（４９０頁）によると、七年戦争（1756–1763）の際にフランスの兵隊たちがドイツで楽しみ、それをフランスに持ち帰ったものだという（イギリスダンスがフランスに伝来した経過はわからなかった）。

さて、では『ウェルテル』の舞踏会の決まりはなんなのだろうか。まず、舞踏会に参加するときは男女二人のペアで参加することになっていた。ウェルテルも舞踏会に参加するにあたり、「善良で美しいが、その他は取り立てて言うことがない女性」をパートナーに選んでいる。かれは、この女性をエスコートしてダンス会場に入る。まず自分のパートナーと踊り、途中でなんらかの決まりに従って相手を変えて踊っていく仕組みなのだ。

ということで、ウェルテルはまずメヌエットを自分のパートナーと踊り始めるが、このときはロッテとは組む機会がなかった。やがてロッテとその相手はイギリスダンスを始め、ウェルテルはロッテが全身全霊を打ちこんで踊るのを感嘆して見る。このあと、ウェルテルはロッテにダンスを申し込み、ふたりは相談して、三番目のコントルダンスでペアになれるように各自のパートナーと交渉する。このふたりの相談・交渉の内容が、実際のダンスプログラムがどうなっていたのかが不明なので、理解が難しい。ともかくも、ウェルテルの願いはかなって、かれはロッテとコントルダンス、そしてドイツダンス（回転踊り）を踊れることとなる。ドイツダンスについて、ウェルテルは「私はもう人間ではなかった。最愛の人を腕に抱き、彼女といっしょに風を切って跳び回り、周囲からすべてが消え去った」とウィルヘルムに書いている。

40項　なぜロッテに恋をしてしまったのか？［1771年6月16日、19日］

六月十六日の手紙は、六つの場面から成っている。馬車の中、ロッテの家、馬車の中、舞踏会でのダンス、雷での中断、雨上がりの窓辺、この六つだ。帰りの馬車の場面は六月十九日の短い手紙で書かれている。この構成は巧みだ。もしも窓辺のシーンで終わらせずに舞踏会の翌朝、馬車に乗って帰るところまで十六日の手紙に書いたらどうだろう？　雷雨のあとの窓辺でのできごとの新鮮味が失せてしまう。ゲーテはあきらかにクライマックスを窓辺のシーンに置いている。

これはなぜだろうか？――そもそも、この恋は一目惚れというより、もっと複雑な要素で成り立っている。ゲーテは好きになってしまったいきさつを印象的に書いている。まず舞踏会という非日常的な空間に馬車で入りこむ。車内のうわさ話で「恋してはいけない人」という警告が発せられる。ウェルテルはこのうわさ話を意に介さないが、ここで〈報われない恋〉という決定的な情報が読者に知らされる。黒パンを子供たちに与えるロッテのイメージはまさに当時の理想の女性像だ。優しく家庭的だ。ウェルテルはロッテを一目で好きになってしまう。馬車の中での会話では、ウェルテルは彼女と本やダンスについて夢中になって話す。そしてダンス。ふたりは手に手をとって夢中で踊り回る。ふたりの身体は接触する。雷雨が近づき稲妻が走り、恐怖でわれを失う人が出る。窓がない部屋に集まった人たちを見て、ロッテはゲームをしようと提案する。これは簡単な数をかぞえるゲームなのだが、彼女はみなを輪になって座らせてその周りを走る。間違えた人の頬を叩くためだ。ウェルテルもロッテに叩かれて、気のせいか自分が一番強く叩かれた、と思う。ゲームを楽しむうちに、人びとは雷の恐怖を忘れる。

この舞踏会でのできごとまでの記述のテンポはとてもよい。婚約者がいるきれいな女の子の登場、家庭的で優しく、話も合うしダンスもうまい、しかも雷という困った事態では巧みに機転を効かすことができる、というように、状況が次々と知らされる。ウェルテルはロッテから目を離すことができない。やがて雷鳴が弱まり、ふたりは窓辺に肩を並べて立つ。恵みの雨が降りそそいでいる。ここでロッテの口から「クロプシュトック！」という名前がもれる。これは崇高な自然を讃える詩を書いた詩人の名前だ。

私たちは窓辺に歩いていった。雷の音はだんだん遠くなり、さわやかな雨が地面に音を立てて降った。爽快な土の芳香が、温かい空気いっぱいに広がって立ちのぼった。彼女は片肘を窓辺について立ち、辺りを見通すような眼差しをして、空を見上げ、そして私をみた。目に涙がいっぱい溜まっていた。そして私の手に手を重ねてこう言った。――クロプシュトック！

この合言葉が巻き起こした感傷の激流に私は溺れた。我慢しきれずにひざまずき、歓喜のあまり流れる涙のうちに、その手にくちづけをした。そしてその目を見返した。気高き詩人よ！　今この場にあなたがいてこの神聖化を見ていてほしかった。幾度も汚されてきた名前だけれど、今後はもう二度とだれもあなたの名前を口にしないようにと私は願った。［1771年6月16日］

ここにあるのは、クロプシュトック（1724-1803）の詩の世界を、夜の風景のなかに見るロッテの新しい感性だ。身分制度で縛られた儀礼的な宮廷では、詩歌は高位の貴族や宮廷を讃えるために存在していた。ありのままの自然を讃える感性は存在しなかったのである。暗闇のなかで雨が降る音、土の香りを五感で感じつつ、闇の向こうにクロプシュトックの詩の世界を読み取るロッテに、ウェルテルは感動した。ふたりの世界は詩の世界を通じて強く共鳴したのである。このように作家の名前を口にしただけで分かり合える関係は、互いにとって貴重なものだった。だからこそふたりの絆は強く、それは理性では抑えようもなく、必然的に世間の枠組みを逸脱する危険性を秘めていたといえるだろう。

41項　クロプシュトックとは？［1771年6月16日］

クロプシュトックは、ドイツで初めて宗教的内面感情をホメロスの詩形（ヘクサメーター）で叙事詩にした詩人だ。残念ながら日本では有名な詩人ではないが、十八世紀ドイツではクロプシュトックの作品は多くの人に読まれていた。その筆名は高く、高山信雄「コウルリッジとドイツ文学(4)」によると、一七九八年にイギリス・ロマン派の詩人コウルリッジ（1772-1834）とワーズワース（1770-1850）が、ドイツ旅行に際して、ハンブルクのクロプシュトックを訪問して敬意を表すほどだった。このふたりのクロプシュトック訪問について、高山は次のように書いている。

ドイツに渡ったコウルリッジとワーズワースの一行は、まずハンブルグに宿を取った。ハンブルグに着いたのは、一七九八年九月一九日の午後四時ごろだった。それから二日後の九月二一日の午後四時ごろ、コウルリッジはワーズワースと一緒にクロプシュトックを尋ねたのである。これには、ハンブルグの城門から歩いて一〇分ほどの所に住んでいたクロプシュトックの弟が、その案内役を買ってくれた。（前掲書28頁）

クロプシュトックの代表作は叙事詩『救世主』（*Der Mesias*, 1748-1773）二十篇だ。この叙事詩はミルトンの『失楽園』（*Paradise Lost*, 1667）に匹敵するとまで言われ、英訳もされていた。高山によると、コウルリッジたちが「ドイツではあまりにも有名なこの詩人」を訪問したとき、この人はかつらを被り小長靴にむくんだ足をすっぽり入れた小柄な老人となっていて、ドイツの最新文学にも興味がなかった。コウルリッジはその「生き生きと語る態度」には感動したが、「堂々として活気に満ちたクロプシュトック」を想像していたので失望したという（28－31頁を参照）。

一方、ゲーテはクロプシュトックの二十五歳年下であり、ちょうど幼年期から青年期までがクロプシュトックの全盛期にあたっていた。ゲーテの自伝『詩と真実』第二章によると、ゲーテの母親は一七六二年に『救世主』を父親の友人から借りている。この友人は、この本を最高に素晴らしい宗教書と考えていて、年に一度の復活祭の休みのときに通読するのを習慣としていた。ゲーテはこの本を妹と暗唱して楽しんだ、と書いている。

さらに自伝によると、一七七二年、ゲーテはダルムシュタット感傷主義サークルに加わり、仲間とクロプシュトックの頌詩や悲歌を集めて、その筆写を行っている。当時はこの詩人に対する崇拝が最高潮に達していたのだ。サークルの庇護者ヘッセン＝ダルムシュタット方伯妃は、限定版『クロプシュトックの頌詩や悲歌』（*Klopstocks Oden und Elegien*, 1771）（三十四部）を出し、ゲーテたちはこのうちの一冊を手に入れて読んでいる。現在では、サークルのメンバー、フラックスラント（1750-1809）の名前が記入された本がデジタル化されてネット上で公開されている（Digitalisierte Sammlungen der Staatsbibliothek zu Berlin）。

なお、このクロプシュトックは、十八世紀の女性の読書に大きな貢献をした人でもある。今では想像もできないことだが、当時は、不道徳な娯楽本は女性を堕落させると考える人が大勢いた。したがって、女性の読書は、祈禱書などの信仰の書に始まり、やがて道徳的な週刊誌（家事一般や旅の記事、道徳的寓話など掲載）も加わるという形で広がっていった。今は本であればなんでも読むことが推奨されているが、ゲーテの時代には、女性の読書には一定の制限があったのである。興味深いのは、クロプシュトックの場合、その宗教的な内容が女性にとって一種の隠れ蓑になったことだ。かれの本は、家の中のテーブルに置いてあっても、見咎められることが少なかった。すでに書いたように、ゲーテの父の友人も『救世主』を素晴らしい宗教書と考えていた。だが、『救世主』はたしかに宗教的素材を扱っているが、詩人の主観的で激しい感情表現を含んでいる。これは宗教的な内容の〈文芸書〉だったのだ。クロプシュトックは、ドイツの女性に文学への扉を開いた人だった。ロッテはそれと知らずに新しい文学世界に足を踏み入れていたのである。

42項　ウェルテルはどう変わったのか？［1771年6月19日、21日］

舞踏会の翌朝、ウェルテルたちは馬車に乗って帰宅する。この場面には「胸が躍るような素晴らしい日の出だった。まわりは水滴がしたたる森と、雨で生き返った野原だった！」［6月19日］という短い説明がある。これは、馬車の外の風景描写を行うとともに、ウェルテルの内心の比喩にもなっている。かれの心はよみがえり、喜びで満たされているのだ。

馬車の中でウェルテルは、ロッテの「この両目が」開いているかぎり、寝る気なんてさらさらないと言う。「この両目」は直訳だ。原文で「この」が使われている理由は、馬車の中でロッテが近くに座っているからだ。そして他の人が居眠りをしているなか、ふたりだけは眠ることなく時を過ごす。ウェルテルはロッテが降車する際に、今日中にまた会いにきますと約束をして、実際にこの約束を果たす。ウェルテルは有頂天になり、次のような状態に陥る。

あの時から太陽、月、星は変わらずに日々の営みを行っている。私はといえば、昼と夜の区別もつかず、全世界が私のまわりから消えている。［1771年6月19日］

かなりハイテンションの文章だ。二十一日の手紙も同様の調子で、幸福な日々を過ごしていると書き、ワールハイムはもともと気に入っていたが、想定外のことにロッテの家まで半時間で行ける場所にあるとウィルヘルムに知らせる。さて二十一日の手紙の問題は、このあとが意味を取りにくいうえに〈いつの話なのか〉がわかりにくいことだ。まず次の部分は最近ずっと考え続けていることだ。

私は人間のなかにある、活動領域を広げたい、新たな発見をしたい、放浪したい、という欲望を考える。一方で、限界に進んで身を任せたい、いつもの習慣の軌跡を進みたい、右も左も気にしたくない、という内心の衝動を考える。［1771年6月21日］

このあとは過去の話になる。ワールハイムに来て丘から美しい谷を見て、遠方に行けばなにかあるかと思い、行ってみたが、望んだものはなかったことなど、「放浪したいという欲望」の結果が書かれる。これを踏まえて次に今の思いが述べられる。

ああ、遠方というのは未来と同じだ。大きな薄暗いかたまりがわれわれの魂の前にあり、われわれの感傷はそのなかに溶けゆく。われわれの視線も溶けゆく。そして憧れるのだ。ああ、唯一の偉大で壮麗な感情の喜びすべてで満たされるように、全存在を投げ出すのだ。――だがああ、急いでそこへ行き、そこがここになっても、すべては同じことで、われわれは自身の欠乏のなかに、自身の限界のなかにある。だから魂は逃したなぐさめを求めてあえぐのだ。［1771年6月21日］

ここには、そのものずばり、「われわれの感傷はそのなかに溶けゆく」という言葉がある。かれは感傷に身を任せているのだ。だがこのあと、手紙の内容は急転直下、意外な方向に進む。なぜならウェルテルは、次に、だからどんな放浪者でも最後は家族のもとに帰る、と書いているからだ。つまり放浪するのではなく、「限界」に進んで身を任せて「帰る」としているのだ。

ということで、かれは、ワールハイムで育てたえんどう豆やキャベツを料理をして、ホメロスを読む。料理にバターを使ったという記述まである。ロッテという存在ゆえに、かれは落ち着きを見い出し、〈幸福な家庭人〉に変わったのである。つかのまのこととはいえ、これは意外な展開ではないだろうか？

43項　「この子らのひとりのようにならなければ」とは？［1771年6月29日］

日本にはギリシア・ローマ文学と聖書の伝統がない。『風立ちぬ』（1936-1937）を書いた堀辰雄（1904-1953）は、日本にはヨーロッパのようなロマン（小説）がないとして新しい日本語の小説を書こうとした。しかし『風立ちぬ』の文体はたしかに新しい日本語の文体だったが、その内容にはヨーロッパのように〈物語〉の集積がなかった。これは良し悪しの問題ではなく、文化的背景の違いだ。だから欧米の小説を読むときは要注意だ。ではゲーテの『ウェルテル』はどうかといえば、精読するとギリシア・ローマ文学と聖書の伝統がやはり存在している。ここでは『ウェルテル』に埋めこまれた聖書の言葉を紹介したい。六月二十九日の手紙を読んでみよう。

一昨日、医師が町から管理官のところに来て、私が床の上に転がってロッテの子供たちの下敷きになっているのを発見した。何人かは私の上を這いまわっていて、その他は私をからかっていた。私は、子供たちをくすぐって、大きな叫び声をあげさせた。［1771年6月29日］

この文の「管理官」とはロッテの父親だ。町から医師が父親に会いにきて、子供たちと遊んでいるウェルテルを発見したのだ。医師は町に帰って、管理官の子供たちの躾けはもともと十分でなかったがウェルテルが完璧に駄目にした、と言う。これは悪口だ。

34項でも書いたが、ゲーテの世代は、哲学者ルソーから子供に関する新しい思想を受容している。ウェルテルは「この世では私の心の一番近くにあるのは子供たちだ」と書き、自分はふざけているあいだに、子供たちに生まれつきある「あらゆる道徳、あらゆる力の芽ばえ」を見ているんだと主張する。これは子供に自然を見たルソーの考えと等しい。しかし、この手紙でかれが言いたかったことは、ほかにもある。それは、子供を押さえつけ制限しようとする大人たちへの反発だ。

何度も、何度も、私は人類の教師の金言を繰り返す——この子らのひとりのようにならなければ！　それなのに、友よ、われわれと同等であり、われわれの見本にもなる子供たちを、大人は下に見ているんだ。好きに振るまってはならないと言うんだ！　大人は好き勝手をしていないというのだろうか。こんなことを言う特権がどこにあるんだ。年上で利口だからか？［1771年6月29日］

この「人類の教師」はイエスのことであり、「この子らのひとりのようにならなければ」は、新約聖書の「マタイによる福音書」［18章3節］からの引用である。新共同訳聖書では、「心を入れ替えて子供のようにならなければ、決して天の国に入ることはできない」となっている。これを理解してこの手紙の最後を読むと、この部分がキリスト教の祈りの文体になっているのに気づくだろう。

天にましますやさしい神さま、ご覧になっているのは、年上の子供たち、年下の子供たち、それだけにすぎません。そしてどちらのほうをお喜びになるのか、それはあなたの息子がすでに預言しています。でも大人たちはかれを信じつつ、かれの言葉に耳を傾けない。あいもかわらず、自分たちのやり方で子供を育てているのです。そして……アデュー、ウィルヘルム、言っても詮無いことはもう止めるよ。［1771年6月29日］

ゲーテは祈りの言葉を使うことによって、神を相手にひとりウェルテルが心のうちを語っている姿を浮かびあがらせている。かれは願い、祈り、そしてなお孤独なのである。

44項　好きな人ができたあとの展開は？［1771年6月16日〜7月26日］

ウェルテルがロッテと出会ったあと、この小説は少々もどかしい展開となる。婚約者がいる女性を好きになったのだから、すぐに結ばれたりしないのはわかる。でもウェルテルが何をしているかというと、ロッテの周りをうろうろしているだけなのだ。この辺がウェルテルがストーカーと言われるゆえんかもしれない。一方、ロッテは自分の務めに忙しい。重病の女友達や近所の牧師館の年老いた牧師を訪問するのは、相手がロッテに来てほしいと思っているからだ。

ふたりが出会ってからロッテの婚約者のアルベルトが帰ってくるまでの手紙を確認してみよう（カッコの中は手紙の内容の傾向によって出来事と内面のどちらかにおおよそ分類してある）。

六月十六日〈出来事〉　舞踏会でロッテと踊り恋に落ちる［長い手紙］
六月十九日〈出来事〉　舞踏会から馬車で帰り再訪を約束した
六月二十一日〈内面〉　さまようのは止めて家に戻る心境になる
六月二十九日〈内面〉　子供に対する大人の専横について
七月一日〈出来事〉　牧師館に行き「不機嫌」の罪について討論［長い手紙］
七月六日〈出来事〉　ロッテと妹の散歩を待ち伏せて一緒に散歩
七月八日〈内面〉　子供のようにロッテの眼差しを求める
七月十日〈内面〉　ロッテをどう思うかと聞かれて狼狽する（オシアン）
七月十一日〈出来事〉　町に住むロッテの女友達の話（妻の忍耐と夫の無知）

七月十三日〈内面〉　ロッテが自分を愛していると思いつつ嫉妬する
七月十六日〈内面〉　ロッテに肉体的欲望を抱いて苦しむ（ロッテのピアノ）
七月十八日〈出来事〉　会えないときは少年を身代わりにする（夜光石の比喩）
七月二十日〈内面〉　一日中ロッテに会いたいとばかり願う
七月二十四日〈内面〉　公使に仕えるのはいやだと知らせる
七月二十六日〈内面〉　幸福だが絵を描けなくなった
船を転覆させる危険な磁石の比喩

ロッテの婚約者アルベルトが戻って来たという手紙の日付はこのあとの七月三十日だ。おおよそ一月半があったのに、ウェルテルは毎日ロッテを思うだけで、それ以上のことはしない。筋の展開は止まっている。

この時期の特徴は、内面を語る手紙が多くいずれも断片的なことだ。町に住むロッテの女友達は病いで回復の見込みがない。ウェルテルはロッテと自分の関係を、看取る人と病床で苦しむ人の関係にたとえる。またかれの恋は周囲の人びとにわからないはずはなく、からかわれて狼狽する。思い悩みつつもロッテからの愛を確信するが、嫉妬を感じずにいられない。偶然にロッテの指先や足先に触れて、肉体的欲望を押さえられない。ロッテに会わずにいられない。自分の代わりにロッテの家に行かせた少年をボローニャの夜光石にたとえる。夜光石とは太陽の光を貯めて夜に光る石だ。別の町で公使に仕えるのはいやだと言う。ロッテから離れられないのだ。幸福なのだが絵が描けない状態に陥る。かれは目に見える世界を把握できなくなったのだ。ワールハイムの子供の絵は楽しく仕上げることができたのに、ロッテの姿は描けない。世界が混沌としてきている。ワールハイムにいても、危険な磁石に引き寄せられる船のような心地がして、安らかな気持ちでいられない。磁石の比喩は、磁石がロッテのことで、転覆する船はウェルテルを示している。

45項　『ウェイクフィールドの牧師』の影響とは？［1771年7月1日］

七月一日の手紙は、ロッテの牧師館訪問の話だ。この牧師館の人のよい牧師には、ゴールドスミスが書いた『ウェイクフィールドの牧師』の影響をみることができる。二〇一二年の小野寺健による新訳（岩波文庫）の解説には、次のようにある。

この辺で物語の粗筋を書いておこう。

これは要するに、プリムローズという誠実善良そのものの田舎牧師の一家が、つぎつぎに襲ってくる災難にも屈することなく、家長である牧師に導かれ励まされながら生き抜いて、ついに最後は万事めでたしめでたしとなるまでの人間模様を語った大らかな物語である。若きゲーテがこの朗読に感動して、のちには愛読書になったというのは有名な話だ。（小野寺健訳『ウェイクフィールドの牧師――むだばなし――』343頁）

この朗読をした人がヘルダー（4項を参照されたい）だ。かれは北方ドイツ人で、バルト海の沿岸にあった、ハンザ都市ケーニヒスベルクでカントに師事し、「北方の魔術師」と言われた哲学者ハーマンから影響を受けた。登張正實責任編集『ヘルダー　ゲーテ』によると、このあとヘルダーは一七六九年に北海経由の船でフランスのナントまで行き、パリで見聞を広めている。ドイツ語圏には海が少ないので、ヘルダーのように船で北の荒海を越えてフランスに行った例は少ない。おそらく内陸ドイツ人とは異なる精神基盤を持った人だったのではないか。その思想は国境を越えて壮大で、船上で「人類の起原と流れについて史的照明をあてながら、あらゆる時代、風土、民族に思いを馳せつつ、彼は人間を教化し啓発すべき、人間の魂を論じた書物を、世界形成の普遍史を書きたい」（前掲書14頁）と願ったという。この旅のあと、ヘルダーは持病の眼病が悪化したので一七七〇年の秋に手術を受けるためにシュトラースブルクに到着する。ここで大学生となっていたゲーテと出会うことになる。

　ゲーテは自伝『詩と真実』第十章でヘルダーから受けた文学的影響を詳しく書いている。ヘルダーは「詩歌はもともと世界および諸民族への贈り物で、上流の教養ある男性たちの個人遺産ではない」とゲーテに教えて、民衆の文学という新しい方向性を示した。ホメロス、オシアン、シェイクスピアを推奨し、エルザス地方の民謡収集をゲーテに勧めた。

　さらに、かれは、『ウェイクフィールドの牧師』のドイツ語訳を持参していたので、それをゲーテとその仲間たちに読んで聞かせた。ゲーテは湧きでる感情に身をまかせてこの朗読を楽しんだが、ヘルダーは「題材」に心を奪われず「内容と形式」に注目するようにと指導したという。また、ゲーテは、ヘルダーが小説の〈読解の仕方〉を教えてくれたことも回想している。これは『ウェイクフィールドの牧師』のキーパーソン、バーチェル氏が身分を偽っていることは人称代名詞の使い方ですぐにわかるはず、というヘルダーの指摘だ。これは三章で、バーチェル氏が〈自身の来歴〉を〈他人の来歴〉として三人称で語りながらも、うっかり一人称を使ってしまい、話を中断させる部分である。ヘルダーはこれに気づかなかったゲーテたち聞き手を許さなかった、とゲーテは回想している。この経験はゲーテのなかに深く刻まれていた。

　ゲーテは『ウェイクフィールドの牧師』に関しては、このヘルダーに関する記述の少しあとで、ある逸話を紹介している。一七七〇年十月、ゲーテは、友人に誘われてゼーゼンハイムの牧師館を訪ねる。シュトラースブルクからこの地までは馬で三時間程度、ちょっとした遠乗りだ。この牧師館には牧師夫婦とふたりの娘がいて、いつも客人を歓待してくれるという。この牧師館の家族に会ったとき、ゲーテは奇異の念に打たれた。なぜならかれらがウェイクフィールドの牧師館の家族のような人びとだったからだ。かれはこのときヘルダーの朗読の強い印象下にあったのだ。この牧師館の二番目の娘が、ゲーテの恋人となるフリーデリーケだった。穏やかな性格で愛らしいところが、ウェイクフィールドのソフィアとたしかに似ていると思う。

46項　不機嫌をめぐる討論とは？［1771年7月1日］

七月一日の牧師館訪問の手紙は長い。内容は三つで、ロッテと病床の女友達の話、牧師館のクルミの木々の物語、不機嫌をめぐる討論に分かれる。女友達のテーマは〈看取る人と病人〉、牧師館のクルミの木々は〈夫婦愛の思い出〉を意味する。わかりにくいのは不機嫌をめぐる討論だ。『ウェルテル』原注には次のように書かれている。

これについては、今ではラヴァーターのすぐれた説教があり、これはヨナ書に関する説教を含んでいる。（『ウェルテル』1771年7月1日の手紙の原注）

これを読んで浮かぶ疑問は、「ラヴァーターはだれでヨナ書とはなんなのか」だろう。まず最初の疑問に答えよう。ラヴァーター（1741-1801）はスイス人の牧師でドイツ各地で説教を行った人だ。この人はいささか変わった人で、『ドイツ十八世紀の文化と社会』（以下この本の邦訳122頁から引用）によると、「熱狂的かつ感傷過多」で「ともかく目新しいものにはすべて感激してとびついた」という。なかでもかれは観相学（Physiognomik）の「熱烈な唱導者」だった。観相学については、石田三千雄が「人間の外面的なものを通じて、彼の内面的なものを認識する技あるいは学である」と定義している（「ラヴァーターにおける顔の記号学――ラヴァーター観相学の背景とその射程――」120頁）。ゲーテは、一七七三年にラヴァーターに初めて会い、その後『人間知と人間愛を促進するための観相断片』四巻出版（1775-1778）に積極的に関わっている。

つぎに、ヨナ書について少し説明したい。右に引用した注に書かれたラヴァーターの「ヨナ書に関する説教」は一七七二年に行われたもので、『ヨナ書についての説教』（1773）の「説教第十二。不満と不機嫌に対する方法。ヨナ四章四～九節」を指す。ヨナ書は旧約聖書の十二小預言書のひとつで、ヨナが主の命に背いて魚に飲みこまれる場面がよく知られている。このあと、ヨナは主の恵みで許されて、今度は主の命に従って背徳の王国ニネべで預言を行う。この結果、ニネべの王と民は悔い改めて主はこの国を滅ぼすのをやめる。――ここまではごく普通の展開だ。問題はこのあとなのだが、ヨナはこの主のなさりように怒り、不満を申し出て、自分の命をとってくださいと主に訴える。そこで主はヨナの苦痛をいやすために「とうごまの木」で日陰を作る。ヨナは満足するが、それを見た主は、とうごまの木を枯らし、焼けつくような東風を吹きつけ、ヨナの頭上に太陽を照らして苦しめる。そこでヨナは不満を再び口にする。――この物語では、ヨナは〈不満なときに不機嫌な顔をする人〉なのだ。最後は万能の主の言葉でことは収まるが、預言者なのに自我がむき出しなのが興味深い。

ラヴァーターの『ヨナ書についての説教』はデジタル化されてGoogle Booksで公開されている。問題の箇所を読んでみると、神の恵みと憐れみの偉大さを前にして人間は不機嫌な顔をしてはならないという内容が主だ。その対処法については、「いかにして心穏やかにいられるのか。――体験を通じてやがて十分に裏付けられる、よりたやすい全能なるものへの信仰、つまりすべてを把握し、すべてに同じ関心を与え、すべてを見通す神の摂理への信仰によってである」（175頁）とある。

しかし、ウェルテルの主張の軸はこのような信仰の問題でなく、人間のささやかな楽しみを奪おうとして不機嫌な顔をする人への抗議にある。七月一日の手紙では、牧師館の娘フリーデリーケの恋人シュミット氏が、あからさまに不機嫌な顔をしてみせる。かれはウェルテルが自分の恋人と楽しく話すのが気に入らない。このためウェルテルは、ロッテから彼女と話さないように忠告されてしまう。不機嫌についての討論は、この人の不機嫌が起因となっている。ウェルテルの主張は、せっかくの楽しみを台無しにする不機嫌は、一種の怠惰、一種の病気のようなものなので、自身が努力して抑えるべき、というものだ。これは、不機嫌な顔をみせて人を支配しようとする人への痛烈な批判である。

47項　オシアンとは？［1771年7月10日］

『ウェルテル』でのオシアン初出は、一七七一年七月十日だ。なんの説明もなく、付け足しのように書きこまれている。

集まりなどで彼女の話題が出るときの、私が狼狽するさまを見せたいものだ。彼女を気に入っているのかと聞かれたりするが、私は死ぬほどこの言い方がきらいだ。全感覚、全感情をあげて彼女を思わずに、ロッテをただ気に入っている男ってありえるのか。気に入っているのかとは！　そういえば最近オシアンは気に入っているのかと聞いたやつがいたがね。［1771年7月10日］

この「オシアン」は〈スコットランド高地地方伝承のゲール語古歌〉を指す。日本では中村徳三郎によるゲール語からの翻訳『オシァン──ケルト民族の古歌──』が岩波文庫に収められている。中村の解説によると、オシアンは、三世紀頃のスコットランド北部の王子で父王はフィンガル（またはフィン）であり、一族の最後の生き残りとしてフィンガル王の戦士の物語を語り伝えたとされる。『ウェルテル』ではこのあと状況が切迫してウェルテルの心が暗くゆううつなものになると、オシアンが再登場してくる。

オシアンの古歌をゲーテが翻訳したのは、45項で述べたヘルダーの影響による。それにしても、オシアンはながい時を越えて口承で伝えられたゲール語の古歌だ。なぜスコットランドの古歌がドイツで読まれていたのか。その理由は、スコットランド高地地方の人、マクファーソン（1736-1796）がオシアンを英訳して出版したことにある。この出版の経緯は確認できたかぎり次のようになる。

一七六〇年『古詩断片集』*Fragments of Ancient Poetry*
一七六二年『フィンガル、古代叙事詩』*Fingal, An Ancient Epic Poem*（一七六一年の可能性もある）
一七六三年『テモラ、古代叙事詩』*Temora, An Ancient Epic Poem*
一七六五年『オシアン作品集、フィンガルの息子』*The Works of Ossian, The Son of Fingal*
一七七三年『オシアンの詩』*The Poems of Ossian*

ゲーテが持っていたのは、『オシアン作品集、フィンガルの息子』（1765）で、これはゲーテの父の蔵書の中にあったとされる。ゲーテが初めてオシアンに言及したのは、一七六九年二月の手紙においてだ。のちにゲーテは自伝に、当時自分たちはゆううつな英文学の強い影響下にあったとして、次のように記している。

これらのあらゆる憂鬱な気持ちに完璧に合った場所を求めて、オシアンは、我々を地の果てのトゥーレまで誘い出した。そこでは我々は、果てしなく広がる灰色の荒野に立ち、ごつごつとそびえる苔むした墓石のもとを彷徨い歩き、我々のまわりの風のざわめきに揺れる草、我々の上の重く雲が垂れこめた空を見つめた。月の光がさすと、このカレドニアの夜は、昼のように明るく見えた。戦いに倒れた英雄ら、花のように枯れうせた乙女らが、我々を取りかこみ浮かび上がり、ついには我々は、恐ろしい姿をしたローダの亡霊を見たとまで信じたのだった。（長谷川弘子『〈本の町〉ライプツィヒとゲーテ』１４７頁）

なおマクファーソンの翻訳については、出版直後から原典（ゲール語古歌）の存在自体に疑問が投げかけられてきた。この背景には十八世紀に起きたイングランド（ハノーファー王朝）に対するスコットランド蜂起、その後のイングランドによる支配と弾圧、スコットランド高地文化の破壊、ゲール語使用の制限と衰退の危機という政治的要因がある。だがゲーテがこの問題を承知していたかどうかは、残念ながら不明である。

48項　ロッテはなぜピアノを弾くのか？［1771年7月16日］

まず歴史的背景として、十八世紀後半にピアノが女性にふさわしい楽器であったことがある。ホフマンの『楽器と身体――市民社会における女性の音楽活動』（以下この段落内の「　」の中は、この本の邦訳17〜18頁を引用）によると、当時は、男性のための楽器は「ホルン、チェロ、コントラバス、ファゴット、トランペットなど」、女性にふさわしい楽器は「ピアノ、リュート、ツィター、ハープ」である、という考えがあった。これは一七八四年に匿名で出された論文「演奏における女性の服装について」で主張されたもので、根拠は「しっくりこないという感覚」だった。つまり、あるべき女性の服装、性格、礼儀作法にしっくりくるのが、手だけを動かす楽器だったということだ。この論文の著者はゲーテの一歳年下のユンカー（1748-1797）という人である。つまり、ゲーテがロッテにピアノを演奏させているのは、それが普通のことだったからだが、当時の性規範の反映でもある。ゲーテは無意識のうちに内在する性規範に従ってロッテ像を作り上げているのである。

そのためロッテはみごとに当時の女性の理想像となっている。――しとやかで優しく、家庭を切り盛りする才があるしっかり者、それがロッテだ。彼女が近隣の病人、お年寄りを訪ねるのはそのためだ。この性規範の現れは、ピアノのほかに、男性の肉体的欲望の表現にも表れている。七月十六日の手紙には次のようにある。

ああ私の指が彼女の指になにかの拍子で触れたり、私たちの足先が机の下でぶつかったりすると、私の血は一気にかけめぐる。火を前にしたように私は身を引くが、ひそかな力が私を前に押しやる。私の全感覚がぐらぐらする。ああ、彼女の清純、彼女の無邪気な魂は、その小さな信頼が私を苦しめていることを感じないのだ。［1771年7月16日］

この「彼女の清純、彼女の無邪気な魂」というのが当時の性規範の現れだ。ロッテは理想の女性なので、当然のことに天使のように無垢な存在なのである。

だがここでちょっと立ち止まって考える必要がある。ゲーテはたしかに当時の性規範にしたがってロッテの人物像を作った。これはジェンダー研究の進展に伴い明らかにされてきたことだ。しかし、ゲーテは人間を深くみつめた人なので、単なる型通りの理想の女性としてロッテを描いてはいない。かれはロッテの活動的なエネルギーを魅力的に描くすべを知っていた（38項を参照されたい）。また、ゲーテは女性がときにピアノで〈力〉を行使するのに気づいていたので、小説のなかでピアノをその道具として巧みに使っている。たとえばロッテは、ピアノの演奏で男性の気持ちを宥めようとしている。ウェルテルは、自分の神経が高ぶり自制心を失いそうになると、それを察したロッテがピアノで「天使のような力」で、あるメロディーを「とてもシンプルにとても魂をこめて」弾いてくれる、と書く。ピアノは、ウェルテルの「痛み、混乱、ゆううつ」をかき消す特効薬なのである。彼女は自分の影響力をピアノで行使しているのだ。

このピアノの作用について、ゲーテは『親和力』（*Die Wahlverwandtschaften*, 1809）でも書いている。この長編小説の主人公はウェルテルが中年になったようなエゴイストで、妻があるのに、妻の親戚の女の子に強く惹かれている。家庭内で演奏会をしたいと言い出し、主人公がフルートを吹き、女の子が伴奏をすることになる。主人公の演奏はいつも譜面通りでなく、かれ独特のものなのだが、女の子は主人公の演奏の癖をなぞってピアノ伴奏を行う。この女の子の伴奏が、主人公を喜ばせる。男性の意を汲んだ演奏を、女の子の愛の表現と解釈したのだ。ここではゲーテは一歩踏みこんで、人間の抑えられない情熱を〈女性とピアノ〉というモチーフを用いて表現している。この女の子は、ロッテのように単に譜面通りにピアノを弾いて聞かせるのでなく、譜面と異なる男性独特の演奏の伴奏法をマスターし、それを男性とその妻、さらに男性の友人の前で披露している。彼女は自分の密かな熱情を、ピアノ演奏を通じて大胆にも表現しているのである。

49項　アルベルトが登場した後の展開は？［1771年7月30日〜9月10日］

七月三十日の手紙は、第一部の折り返し地点になる。ロッテの婚約者アルベルトが町に到着したからだ。就職先も決まったので、いよいよロッテとの結婚が現実的になったのだ。かれはもうどこにも行かず、ロッテのそばにいる。ウェルテルはあらゆる点でアルベルトのほうが優っていると感じる。自分と違って落ち着いた態度で人と接するし、かといって冷たくはなく、ロッテを愛しており、機嫌が悪くなることもないようだ、と思う。ロッテと一緒にいる喜びはなくなった、とウェルテルは本音を吐く。

私は歯をくいしばり、自分の惨めさをあざ笑う。諦めるしかないね、だっていまさらどうしようもないんだから、などというやつがいたら、二倍も三倍も笑ってやると思う。——あんなやつらは追い払ってくれ！——森の中に入り歩きまわってから、ロッテのところに行くと、庭のあずまやでアルベルトが彼女の横に座っているから、それ以上進めなくなる。だからはしゃいで道化になって、馬鹿げたことやわけのわからないことをさんざんしてしまう。
［1771年7月30日］

このあとの展開は次のようになる（〈　〉の中は手紙の内容の傾向によって出来事と内面のどちらかにおおよそ分類してある）。

七月三十日〈内面〉　アルベルトが到着して惨めな気持ちになる
八月八日〈内面〉　あきらめることができず、どこにも行けない気持ち
八月十日〈内面〉　アルベルトとふたりで散歩して、ロッテの母の話を聞く

八月十二日〈内面〉　アルベルトの部屋で情熱と分別について討論［長い手紙］
八月十五日〈内面〉　ロッテに会いにいき、ロッテの弟や妹にお話
八月十八日〈内面〉　自然が限りない命の舞台から墓場の淵に変わった
八月二十一日〈内面〉　絶望の涙を流す
八月二十二日〈内面〉　不快な焦燥感に苦しむが出口なし
八月二十八日〈出来事〉　誕生日にロッテとアルベルトからプレゼント
八月三十日〈内面〉　ロッテへの熱情に苦しみ、自然のなかを彷徨する
九月三日〈内面〉　ロッテの前から去ることを決意する
九月十日〈出来事〉　庭園のあずまやでふたりと語り合う［長い手紙］

この展開をみると、内容が内面的な話に終始しているのがわかる。ウェルテルはこの間ずっと、ただロッテへの思いを募らせるだけなのだ。

しかし、ウェルテルはロッテへの思いとは別に、嫉妬心を抱きつつもアルベルトに好意を抱く。誠実な人柄で、友情を持ってかれと付きあってくれるからだ。八月十日の手紙では、ふたりは一緒に散歩に出かける。ここでアルベルトは、ロッテと婚約したいきさつを話す。それはロッテの母親の亡くなる前の願いだった。また、ロッテが現在、家事と子供たちの面倒を担っているのも、このときの母親の言葉によるものだった。

ウェルテルはこの話を聞きながら、道ばたの花を摘んでていねいに花束を作り、そばを流れる川に流す。――亡くなった母の姿、願いというのは、いつの時代でもあらがうことのできないものだ。ウェルテルはこの話を聞いてロッテとアルベルトの婚約がゆるぎないものだと理解する。川を流れる花束はロッテの母親に捧げられたものだが、ウェルテルのあきらめの表象でもある。

50項　自殺は人間の弱さのあらわれなのか？［1771年8月12日］

八月十二日の手紙は、ピストルから始まる。ウェルテルがアルベルトの部屋に行くと、そこにピストルがあったのだ。これは旅先での護身用のピストルだ。話をしているうちにウェルテルは退屈してこのピストルを左目の上に当ててみる。これをきっかけとして、自殺に関する討論が開始される。ここでアルベルトは「ある種の行為は、たとえその人たちにとって望ましい動機から起きたとしても、道徳的に堕落している」という問題提起をする。この「ある種の行為」には自殺が含まれる。つまり、アルベルトは、どんな理由があっても自殺は認められない、と言っているのだ。

ウェルテルは、アルベルトに反論する。しかし、かれの反論は、自殺が道徳的に堕落しているか否かではなく、〈熱情に流されて罪を犯す人〉への同情、弁護に終始する。ウェルテルが挙げた例は、次の通りだ。――切羽詰まって家族のために盗みを働くこと、不貞を働いた妻とその相手に暴力を振るうこと、女の子が肉体的な愛におぼれること、この三つだ。当然のことにアルベルトは「それはまったく別のことだ。なぜなら熱情に引き裂かれて、あらゆる分別の力を失ってしまう人間は、酔っ払いか精神錯乱者とみなされるからね」と言う。

この反論で、討論は自殺の問題から決定的にずれて、〈熱情に流されて破滅すること〉の話になっていく。ウェルテルは、「ああ、理性的な人びとよ！」と声を張る。そして、熱情、酩酊、精神錯乱、これらの言葉を使って理性的な人びとは聖職者のような顔をして、破滅の淵にいる人を助けることもなく、ただ通り過ぎるのだと言い、次のように論じる。

私は一度ならず酩酊したし、私の熱情は精神錯乱に近しいものだった。だが後悔はしていない。自分のものさしで理解することを学んだのだ。偉大で不可能なことをしようとする非凡な人間がみな、いかに酩酊者、精神錯乱者と呼ばれたのかをね。

それにまた、平凡な生活においても、誰かが自由で高貴で思いもかけない行為をやり始めると、そいつが酔っ払いだの馬鹿だのと呼ばれるのは耐えがたい。君たち冷静な人間は恥を知るべきだ。頭の良い者よ、恥を知れ。［1771年8月12日］

ここでのウェルテルの主張は、まず、非凡な人間の創造力の源に「熱情、酩酊、精神錯乱」がある、ということだ。そして、「冷静な人間」が罪人に「酔っ払いか精神錯乱者」というレッテル貼りをするのは欺瞞だ、ということだ。ウェルテルにとっては、芸術的エネルギーの自由な発揮と、道を踏み外す人を理解しようとする姿勢、このふたつが重要なのだ。

さて、では「自殺は人間の弱さのあらわれなのか」という問いにウェルテルはどう答えているだろうか。かれは、それは人それぞれの耐性の尺度によるとしている。

私はこう言った。人間の本性は限界を持っている。人は喜び、悩み、痛みをある程度までは耐えられるが、限度を超えると破滅するのだ。

これはまた、人が強いか弱いかの問題ではなく、悩みに関する自分の限界に耐え抜けるかどうかの問題だ。これは道徳的にも肉体的にも、ということだ。ゆえに自殺をする人を臆病だと言うのは奇妙なことだ。悪性の熱病で死ぬ人を臆病者と呼ぶのが不適切なのと同じことだ。［1771年8月12日］

この討論は今の問題にも通じている。ウェルテルの意見は極端だが、各自で異なる悩みの限界をおもんぱかって、苦しむ人に手を差しのべることは人間の務めではないかと思う。

51項　自然の充溢、限りない生命の世界とは？［1771年8月18日］

八月十八日の手紙は次のように始まる。

生き生きとした自然に触れて、私の心の温かい充実した感情は歓喜に満ちあふれ、辺り一帯の世界を天国に作りあげた。あの感情は、いまや耐えがたい拷問者になり、どの道を行っても追いかけてくる、私を苦しめる悪霊になった。［1771年8月18日］

この手紙の内容は、三つに分かれている。現実にある活動的な自然の充溢、創造主が生み出した限りない生命の世界、そして自然の根源にある恐ろしい深淵である。この項では、最初のふたつを考えてみたい。

まず、〈活動的な自然の充溢〉は右の引用の「生き生きとした自然に触れて、私の心の温かい充実した感情は歓喜に満ちあふれ、辺り一帯の世界を天国に作りあげた」の部分を指す。ここは、五月四日の手紙の「この天国のような地方で、孤独が私の心には貴重なバルサムだ。それに青春の季節は、あらゆるものの充満によって、すぐにおののき震える私の心を温めてくれる」を受けて書かれている。五月十日の手紙にも同様の記述があったのを思い出そう。

八月十八日の手紙に書かれているのは、かつての自分が見たものだ。谷には小川、高い木々が生えた山々、森に響く小鳥の声、草のあいだには虫の群れ、大地には苔や灌木、という自然のなかにいて、ウェルテルの心は温かかった。春、ウェルテルは自分の肉体と感覚で自然を感じとり、かぎりない自然の充溢に溶けこんでいたのだ。これは自然との幸福な一体感を表している（22項を参照されたい）。

では〈創造主が生み出した限りない生命の世界〉とは何だろうか。――これは、ウェルテルの魂に映る崇高なる世界だ。

巨大な山脈が私を取り囲み、深い谷間が眼前に横たわっていた。そして、雨で水かさを増した川が勢いよく流れ落ち、足元でいくつもの川が激しく流れ、森と山が鳴り響いた。私は地面の奥底で森と山が互いに作用し合い、創造を行うのを見た。すべての力は底を極めがたい。そしていまや地面の上、空の下に、創造主が生みだしたすべての種族が群がり、ありとあらゆるものが何千という形姿を持って群となる。人類もまたちっぽけな家に身を寄せて集まり定住し、広大な世界を支配していると感じる。哀れな愚か者よ、すべてを下に見るのは、おまえが本当に取るに足らない存在だからだ。［1771年8月18日］

この部分の壮大さはキリスト教文化圏ならではのものだ。おそらく日本の読者にとってよくわからないのは、「創造」という言葉ではないだろうか。これは、旧約聖書創世記の天地創造を意味している。神々ではなく、一神が世界を創造したというのが、キリスト教文化の根底にある考えなのだ。

なお、興味深いのは、ゲーテがここで、「私は地面の奥底で森と山が互いに作用し合い、創造を行うのを見た」と書いていることだ。ドイツ語版 Wikipedia をみると、ヴェッツラーはライン粘板岩産地の東端に位置していて、地質学的には地層がラーン川の堆積物及び古生代石炭紀とデボン紀の岩石で出来ている。ヴェッツラーがある場所は、古生代には島が連なり、火山、環礁のある海だった。この海の堆積物が石炭紀以降のバリスカン造山運動によって、圧縮され堆積してできたのがこれらの岩石だ。この町には、粘板岩、砂岩、珪岩、石灰岩を使った建築物が今でもあるという。ヴェッツラーでゲーテが地下の地層の太古の動きを感じたとは思えないが、不思議な一致ではある。

52項　永遠に開いたままの墓の深淵とは？［1771年8月18日、21日、22日］

前項の続きとして、三つめの内容〈自然の根源にある恐ろしい深淵〉の部分を取り上げる。ここでウェルテルは、次のように書く。

私の魂の前でたれ幕が取り払われて、限りない生命の舞台がまたたく間に永遠に開いたままの墓の深淵に変貌した。君は「それがある」と言えるのか。

この「それがある」(Das ist!) と言えるのか、という問いはかれの魂の叫びだ。ウェルテルは自身の悩みの本質をここで一気に述べる。それは、あらゆるものが過ぎ去ってしまうので、存在者の力はそれに耐えることができない、ということだ。すべては、流れに飲みこまれて、沈んでしまい、岩に砕け散ってしまうのだ。次に、かれは、生きている瞬間そのものが人を食い尽くすが、一方では人そのものが破壊者なのだと強く嘆く。単に散歩をするだけで、何千という哀れな虫の命を奪い、アリが苦労して建てた巣を一足で踏み潰して不名誉な墓にするのが人間だ。ウェルテルが恐れているのは、「自然の万象のなかに潜んでいる食い尽くす力」だ。それはなにものも形作らない。そして、ウェルテル自身もまたそのような自然の一部であり、なにかを破壊する存在なのである。

この自然観がもたらす無常感は、物悲しい諦念のようなものではない。ウェルテルが恐ろしいと思うのは、自然そのものに流動、破壊、停滞、滅亡、死という作用が組みこまれていることだ。つまり、「私の魂の前でたれ幕が取り払われて、限りない生命の舞台がまたたく間に永遠に開いたままの墓の深淵に変貌した」とは、生命が溢れる自然の根源には破壊と無をもたらす自然があり、今までは「たれ幕」がその「永遠に開いたままの墓の深淵」を隠していたが、それが取り払われた、ということなのだ。

ウェルテルの場合、この自然の変貌の原因は、あまりにも大きな熱情だった。振りかえれば、かれはロッテに会った日に「あの時から太陽、月、星は変わらずに日々の営みを行っている。私はといえば、昼と夜の区別もつかず、全世界が私のまわりから消えている」〔1771年6月19日〕と書いている。これほどまでの情熱が、ウェルテルの存在そのものを食い尽くしつつあるのだ。八月二十一日と二十二日の手紙は短く、それぞれ次のように書かれている。

無駄だとわかっているのに、私は彼女に向けて腕をのばす、毎朝寝苦しい夢からようやく目覚めるときに。むなしく、毎夜ベッドの中で彼女を求める、幸福で清純な夢のなかで、野原で彼女の隣に座っていて、彼女の手をとりその手に何千回もくちづけをしていると思いこんでいるときに。ああ、だが私が半ば眠りのなかでもうろうとしたまま彼女を手探りすると、それで眠気がさめる。――締めつけられるような心から、涙が勢いよく川のように流れ出て、私はなんの慰めもなく、暗い将来を思ってむせび泣く。〔1771年8月21日〕

不幸だ、ウィルヘルム！　私の活動的な力は全部、調子が狂って、おちつかないなげやりな状態に陥ってしまった。私は何かをせずにいられないが、かといって何もできないのだ。想像力もなく、自然に対する感情もなく、本は私につばを吐きかける。自分を失うと、すべてを失うはめになるんだね。〔1771年8月22日〕

この場合の「自分を失う」とは、自然を抱きしめる感覚を持つ自分、本を読んで知的活動をする自分、というように自分の行動の担い手（中心点）を失った、という深刻な状態を示している。

53項　誕生日のプレゼントは？［1771年8月28日］

第一部ではウェルテルは悩みつつも、ロッテのもとを離れる決意をする。ロッテとアルベルトの婚約がゆるぎないものであり、しかもふたりがウェルテルに心のこもった対応をしてくれるからだ。八月二十八日の手紙の書き出しは次のようだ。

実際のところ、私の病を治してくれるのは、あのふたり以外にいないと思う。今日は私の誕生日なんだが、朝早くに私はアルベルトから小包を受け取った。開いてみるとすぐに淡紅色のリボンが目に入った。出会ったときにあの人がつけていたものだ。あれ以来、何度かくれるように頼んでいたんだ。それに十二折り判の小型本が二冊入っていた。ウェートシュタインの小型版ホメロスだ。ほしいと思っていた本なんだ。散歩のたびにエルネスティを引きずって行きたくなかったからね。［1771年8月28日］

この箇所でちょっと面白いのは、ゲーテとウェルテルの誕生日が同じ日であることと、33項で書いたライプツィヒ大学古典学教授のエルネスティの名前が出ていることだ。この箇所の「エルネスティ」とは八折り判五巻本のホメロスを指す。八折り判とは本のサイズで、およそ縦二十センチ程度の大きさなので、たしかに重かっただろう。一巻の頁数がいずれも五百頁を超える革製の美装版だ。ワールハイムで読んでいたホメロスはそんなに立派な本だったのかと思う。ウェートシュタインはアムステルダムの印刷所の名前なのだが、この小型本ホメロスは合わせて千百頁あるという。これもけっこう重いような気がする。

「淡紅色のリボン」は、ウェルテルがロッテに初めて会った舞踏会で、ロッテが着ていたドレスの飾りで、厳密には蝶結びのリボンだ。このように女性の装身具をもらうのは、当時は〈フランス宮廷風恋愛の慣習〉として広く流行していた。これは多分に恋愛遊びの要素が強く、ゲーテは「生きている記念品」Lebendiges Andenken という詩の一行目を「最愛の人のリボンや蝶結びを奪うのは」で始めて、さらに「ベール、スカーフ、靴下留め、指輪」を挙げている。これらの小物は〈愛の戦利品〉であり〈愛のあかし〉とされた。

じつは、このリボンの話は、ゲーテと実在のロッテのあいだの出来事を小説にそのまま書いたものであり、ゲーテは、一七七二年十月十日の手紙で、「おお親愛なるロッテ、初めて会ったときからなんとすべてが変わったことでしょう。リボンの花色は同じままですが、馬車の中での時よりも色あせて見えます。当然のことですね」とロッテに語りかけている。なにやらロマンチックである。

さて話は小説に戻る。小説のなかで話はどう進むだろうか。ウェルテルはロッテのリボンに何千回もくちづけをして「あの数少ない、もう戻れない幸福な日々」の思い出に浸る。だがこの時点でウェルテルはまだ自制的だ。かれは人生の花がはかなく消えてわずかな実りしか残さないとしても、それはやはり実には違いないとウィルヘルムに書く。この手紙の最後の場面は鮮やかだ。

元気で！　素晴らしい夏だ。私はよく、果物を取るための長い棒を持って、ロッテの庭の植え込みにある果物の木に登り、こずえの梨を取る。あの人は下に立っていて、私が梨の実を落とすたびに、それを拾ってくれる。「1771年8月28日」

この梨の実は、ロッテと過ごした夏の日々の比喩だ。ロッテと結ばれることはないが、ふたりの間に流れた時間が、梨という実体に反映されている。そしてまた、ウェルテルが下に落とす梨の実は、あきらめの比喩でもある。

54項　なぜ野を歩き山に登るのか？［1771年8月30日、9月3日］

八月三十日の手紙は、ウェルテルの内面をよく表している。ひとことでいえば別れを覚悟したものの自分の心をなんともできない状況だ。ひたすらにつらいのである。

不幸な者、おまえは馬鹿ではないか。自分自身を欺いているのではないか。この荒れ狂う果てのない熱情は一体なんなのだ。あの人だけに向かって祈る。目の前に浮かぶのはあの人の姿だけだ。身の周りの世界にあるもの全てがあの人とつながって見える。しかもそれで何時間も幸せでいられるのだ。——だがいつかはあの人から離れなくてはならない。ああウィルヘルム、なんのために私の心はこうも苦しいんだ。——こう思いながらも私はあの人のそばに座り、二、三時間だったろうか、あの姿、あの振る舞い、あの言葉の天にも昇るかのような表現を楽しんでいた。すると次第に私の全感覚は緊張し、目の前が暗くなり、ほとんど何も聞こえなくなり、人殺しに首を締められているかのように息苦しくなった。私の心臓は激しく鼓動を打って息苦しさから解放されようとするが、かえっていよいよ乱れるばかりだ。ウィルヘルム、私はもう終わりかとよく思うんだ。［1771年8月30日］

この手紙の「不幸な者」という呼び方は、イェルーザレム自殺直後のケストナー宛手紙でも使用されている。このとき、ゲーテはイェルーザレムを「不幸な者」と呼んでいるのだ。この部分はゲーテが推測したイェルーザレムの心中であり、同時にゲーテ自身の経験に基づいたものである。

なにしろ若い頃のゲーテはとても感じやすく、糸の切れた凧のように予測のつかない人だった。これは一七七五年にワイマル宮廷に仕えるようになっても、変わらなかった。たとえば一七七七年の十二月に、かれは積雪のブロッケン山（1143m）に登っている。この山は標高は低いが、当時は登山ルートも整備されておらず、とくに冬期は危険だった。そもそも登山自体を目的とした登山は十八世紀には一般的ではなかった。何か用事や止むに止まれぬ事情があって登るのが普通だったのだ。だがゲーテはなぜか冬山を登っている。仕事で登ったわけではない。自然の中に逃げて、肉体を痛めつけて心を救おうとしたのだと思う。

このゲーテの姿は、八月三十日の手紙後半におけるウェルテルの姿と重なる。苦しみのなかにあって、ウェルテルは遠くまで野原をあちこちさまよう。険しい山があれば登ってみる。道なき森に踏み入り、しげみで怪我をしていばらに引き裂かれる。途中で喉が渇いて疲れ果てて倒れ伏す。真夜中になり、満月が頭上にあるとき、だれもいない森のなかで曲がりくねった木に腰をかけ、傷ついた踵を休ませる。そして月明かりのなかで、疲れ果ててうとうとと眠る。

おおウィルヘルム、修道院の独居房の孤独な住まい、山羊の毛皮の衣といばらの帯があれば、私の魂が思いこがれる心のなぐさめになるのに。さようなら。この苦しみすべてに墓以外に終わりはない。［1771年8月30日］

これを書いた四日後、ウェルテルはついに決意する。九月三日の手紙はとても短く次のようなものだ。この手紙は小説の最初の山場の予告になっている。

私は立ち去ることにした。ありがとう、ウィルヘルム。君が私のぐらつく決意を固めさせてくれたんだ。もう十四日間も、あの人のもとを去るという考えを決めかねていた。決めなくてはならない。あの人はまた町の女友達のところにいる。そしてアルベルトは——そして——私は立ち去らねばならない。［1771年9月3日］

55項　なぜ月夜の別れなのか？［1771年9月10日］

第一部最後の手紙は、感傷主義的手紙の最高傑作だ。この手紙は次のように始まる。

なんという夜だったことか。ウィルヘルム、今はもう何があっても平気だ。あの人にはもう二度と会わない。おお、君の首に飛びついて何千の涙と恍惚のうちに、友よ、私の心に押し寄せる感傷のすべてを言い表せたらいいのに。私はここに座って、落ち着こうと息を整えている。そして夜明けを待っている。日の出の時刻に馬を頼んであるんだ。

ああ、あの人は安らかに眠っていて、私と二度と会えないとは思っていない。私は身をもぎ離すようにして帰ってきたんだ、気持ちを強く持って二時間も語り合ったのに私の計画はもらさなかった。それにしても神よ、なんという話だったことか！［1771年9月10日］

この「私の心に押し寄せる感傷」が問題だ。これは、真に気高い道徳的行為を通して感情があふれ出て心が揺すぶられる高揚感のことだ。ドイツ感傷主義の感傷は、人間の心の奥底で起きる強い波動のようなものだ。ウェルテルはロッテに別れを告げず町を去ることでこの「感傷」を最高度に感じたのだ。

この手紙の構成は非常に巧みなものだ。出だしでロッテと別れたと知らせ、「私の心に押し寄せる感傷」を君に会って伝えたいのにと書く。これは、いよいよ涙のシーンが展開されるのだという、読者への一種の合図だ。そして〈公園の別れ〉の場面が始まる。なお、この公園は、19項のM……伯爵のイギリス式風景公園だ。ここでこの公園が「連なる丘のひとつの上に」あるという設定を思い出そう。この地形が物語の展開に一役買っているのだ。

まず、ウェルテルは丘の上に立っている。そして下方の川の向こうに太陽が沈むのを見ながら、過ぎ去った幸福な日々を懐かしむ。この〈失ったものへの回顧〉も感傷主義の重要な要素だ。この部分には「ロマンチック」、「ぞっとするような人けのなさ」、「舞台」、「至福と痛み」などの言葉が散りばめられている。すると、アルベルトとロッテが丘を登ってくる音が聞こえる。ウェルテルはすぐに駆け寄り、「おののき」ながらも彼女の手にくちづけをする。

本当に上手いと思うのは、この三人が丘の頂上まで登ると月が向こうの丘の後ろから登ってくるというところだ。想像してみよう。太陽が沈めば薄明が、薄明が闇に近づくと月が白々と光を放つ世界を。私たちはこのような美しい月夜を見たことがあるだろうか。月光に照らされた公園で、三人はあずまやに座り話をする。このあずまやは、ウェルテルが「亡きM……伯爵」のために涙を流した例のあずまやだ。完璧な舞台設定ではないか。

しばらくの沈黙。――やがてロッテは、月の光の中で散歩をすると必ず亡くなった人を思い出すと語り始める。あの世でも私たちはまた会えるのかしら、分かるのかしら、とロッテは言う。この後に、決定的な会話が交わされる。それはロッテの亡き母の思い出と母の言葉だ。ここの主役はロッテであり、彼女の「天にも昇るかのような精神の花」は「冷たい文字」などにはできない、とまでウェルテルは書く。崇拝していた母、若くして亡くなった母、母の姿がいつも目の前に浮かぶ、亡くなるときの情景、母が言ったこと、その眼差し、そしてアルベルトとふたりで幸福にと祝福したこと。――ここでいつも冷静なアルベルトも我を忘れてロッテを抱きしめてくちづけをする。クライマックスだ。ウェルテルは感傷の渦のなかで茫然自失となるが、ロッテはやがて立ち上がりアルベルトと去っていく。三人はいつものように挨拶を交わす。ウェルテルだけは別れの思いをかみしめながら、丘の上に立ち、丘を降りていくロッテの姿を目で追う。月明かりでロッテの白い服が光ってみえる。最後の文は、「私がそちらに腕を伸ばすと、それは消えてしまった」である。この終わり方は秀逸である。

第四章

絶望の記録

［第二部　1771年10月20日～1772年12月23日］

56項　新任地での展開は？［1771年10月20日〜1772年4月19日］

第二部でウェルテルは公使に仕える道を選ぶ。この部分は、実在のイェルーザレムの自殺事件（一七七二年十月三十日）に関する報告文をかなり下敷きにしている。これは、ゲーテの友人で実在のロッテの婚約者だったケストナーが、ゲーテのために一七七二年十一月二日に書いたもの（1項を参照されたい）で、次のように始まる。

イェルーザレムは当地に滞在中ずっと不機嫌だった。それはここで与えられた職のせいだといわれているが、かれは着任してすぐに（バッセンハイム伯爵のもとで）貴族の社交の会への参加を不愉快なやり方で拒絶されてしまった。さらにブラウンシュヴァイク公使との問題はとりわけ大きい。公使とは、かれは周知のように着任後すぐに激しい諍いを起こし、このために宮廷から戒告処分を受けて、その結果、腹立たしいことが彼に引き続き起きたのだ。
［1772年11月2日、ケストナーの報告文］

第二部は、このような仕事上の悶着の話で始まる。この部分は自然に関する思索もなく、感傷主義的表現もない。大きく分けると、上司への不満、ロッテ結婚、宮廷を辞職する経緯の三つが主たる内容である。なお、ウェルテルは、ロッテ結婚の前後にロッテに一通、アルベルトに一通の手紙を書いている。

一七七一年十月二十日〈内面〉　不親切な公使のもとで働く気持ち
十一月十日〈出来事〉　C……伯爵と知り合いになり尊敬の念を抱く
十二月二十四日〈内面〉　公使への批判、身分制度批判、貴族のB……嬢宅に行く
一七七二年一月八日〈内面〉　統治者のあるべき姿について

一月二十日〈内面〉　干からびた感覚と貴族のB……嬢の話［ロッテへの手紙］
二月十七日〈出来事〉　公使の訴えによって大臣から戒告を受ける
二月二十日〈出来事〉　結婚の報告を受けての返事［アルベルトへの手紙］
三月十五日〈出来事〉　貴族だけの社交の席に参加したことが問題視される
三月十六日〈出来事〉　貴族のB……嬢から自分の悪い噂を聞く
三月二十四日〈出来事〉　辞職願提出の知らせ［四月十九日に添書を付けて出す］
四月十九日〈出来事〉　辞職が決まった知らせ［添書付］
五月五日〈出来事〉　旅先から生まれ故郷に行くという知らせ
五月九日〈出来事〉　生まれ故郷での回想、ある公爵の狩猟用別邸にいるという知らせ
五月二十五日〈出来事〉　軍団に入る計画が頓挫したとの知らせ
六月十一日〈内面〉　公爵といるのが退屈である
六月十八日〈出来事〉　ロッテが住む町のそばの鉱山に行く計画を知らせる

この時期のウェルテルは、イェルーザレムのようにずっと不機嫌なままである。振りかえれば、最初の年、一七七一年の五月はひとりで自然との一体感を感じることができ、六月から七月まではアルベルトが不在だったためロッテと毎日のように会って、夢中の日々を過ごす。アルベルトがやってくると八月になり、ウェルテルの心は愛、嫉妬、別れの決意などのためフル活動の状況になり高揚感と絶望感をたっぷり味わう。いずれにしても最初の年の春、初夏、盛夏はウェルテルの心は干からびたりはしていない。そのあとに続くのが、このたいへん味気ない日々の記録だ。この時期は、九月から翌年の六月まで十カ月続く。けれども、この味気なさは必要なものだった。この部分があるために、この小説は仕事の悩みを抱える若い男性の読者を得られたのである。

57項　仕事の何がつらいのか？［1771年10月20日］

この手紙でウェルテルはかなり前向きだ。仕事はつらいが乗り越えよう、という覚悟が感じられる。しかし仕事の何がつらいのだろうか。一番の原因は、仕えている公使の人柄がよくないことだ。そこでウェルテルは自身を「元気を出して気楽に考えよう」と鼓舞するが、それができないので、次のようにウィルヘルムに書く。

気楽にとは！　笑わせるね、私がこの言葉を書くなんて。おお、ほんの少しでいいからもっと気楽な生まれつきなら、私は太陽の下で一番幸福な人間だったことだろうよ。まったく！　ほかの奴らがひとりよがりのほらを吹いているところで、私は自分の力、才能にすっかり絶望している始末だ。神様！　あなたは私に全てを与えてくれた。でもなぜその半分を取りあげて、自信と自足感を与えてくださらなかったのですか。［1771年10月20日］

このあとに「がまん、がまん、うまく行くさ」とある。そしてウィルヘルムのいう通りに働き始めてほかの人が何をしているのかを見たら、自分との距離も取れるようになったと伝える。さらに、かれは孤独でいるから想像力ばかりが大きくなって、それに「文学の空想的なイメージ」が拍車をかけて現実とは異なる理想像を作り、自身が最下位のような気分になるのだ、とまで書く。これはどうしたことか、まるで違う人のような立派なことを言っているではないか。ウェルテルは社会に出て、〈試練〉にさらされたので成長したのだろうか。

しかし私はここを読んでいると、ウェルテルがイェルーザレムに対して話しかけているような気がする。イェルーザレムの自殺事件の報告を読んでみると、仕事がうまく行かない上に「書記ヘルトの妻」に恋愛感情を抱いて夫の嫉妬を招くようになり、イェルーザレムが「人びとの集まり、気晴らしや娯楽から身を引く」ようになったという箇所がある。このあとかれがしたことは、月光のなかをひとりで彷徨い歩くことと読書だった。

かれは多くの小説を読んでおり、読まなかった小説はほとんどなかったと言っていた。ぞっとするような悲劇が一番好きだった。さらにかれは哲学の作家をひどく熱心に読み、それに関して思索を巡らせていた。また様々な哲学的論考も書いている。この論考についてはキールマンゼッゲが読んだのだが、普通の考えからは逸脱しているとのことだ。自殺を擁護するある特別な論考も含んでいた。キールマンゼッゲに対して、かれは、人間の理性に引かれたとされる限界に関してよく嘆いていた。［1772年11月2日、ケストナーの報告文］

キールマンゼッゲ（1748-1811）はヴェッツラー最高法院の司法修習生時代の同僚で、ゲーテの自伝では「全員のなかで一番真面目で、有能で信頼できる」と説明されている人だ。ゲーテはおそらく第二部を書き始める際にこの報告文を読み返し、イェルーザレムが孤独に陥ったために出口を失ったのだと思い、かれを思いやり、人は孤独でいてはならないと『ウェルテル』に書いたのではないか。イェルーザレムはゲーテより二歳年上であり、父親の期待を背負って法学を学んだ点などがゲーテと似通っている。イェルーザレムの父親は、ブラウンシュヴァイクの皇太子教育係、宮廷内教会説教師でこの地の Collegium Carolinum（宮廷の高等教育機関）創設に関わった啓蒙主義的神学者で教育者だった。イェルーザレムは父親が教師として働く Collegium Carolinum で学んだあと、ライプツィヒとゲッティンゲンで法学と国家学（公法学・政治学・行政学・財政学・国民経済学など）を学ぶ一方で、哲学研究にも打ちこんでいる。希望はロンドンやウィーンの公使館で働くことだったが、これは叶わなかった。ゲーテは同時代の若者としてかれの悩みを自分のことのように感じていたに違いない。『ウェルテル』の十月二十日の手紙は、次のような自身を鼓舞する言葉で終わる。

それに反して弱みややっかいな仕事全部を抱えこんだまま、ただ働き続けると、進みが遅くてもジグザグでも、舟の帆や櫂を使って進む人より先に仕事が進んでいることはよくある。——だから——ほかの人と同じ、あるいは進んでさえいるときこそ、真の自己肯定感があるのだ。［1771年10月20日］

58項　マリオネット？［1771年11月10日、12月24日、1月8日と20日］

十一月十日の手紙で、ウェルテルはC……伯爵という信頼できる貴族と知り合いになったと書く。この人は、「博識で頭が良く、それゆえ多くのことを見逃してくれるので冷たくない」人だ。C……伯爵とお付き合いするとそこから「友情と愛の感傷」が輝き出るのをウェルテルは感じる。感傷主義的に心と心を共鳴させることがかれの希望なのだ。

十二月二十四日はクリスマスなのだが、ウェルテルの気分はさえない。この日の手紙でかれは、まず公使が「最高に几帳面な阿呆者」であり提出済みの書類の文の不変化詞（副詞・接続詞・前置詞など）や語順に拘泥し、慣用的な表現でないと納得してくれないと愚痴る。一方、C……伯爵は公使の仕事の遅さと考えすぎな点が不満だとウェルテルに言い、「ああいう人たちは自分や他の人の仕事を停滞させるのだ。だか、あきらめるしかないだろう。山を登らなくてはならない旅人のようにね。もちろん、山がそこになければ、道はずっと歩きやすく近くなるのだが、山はあるんだなあ。だから越えるしかないのだね」とアドバイスする。公使は公使で、ウェルテルがC……伯爵と懇意になっているのがしゃくの種だ。公使はC……伯爵の悪口を言い、ウェルテルはむっとしてつい反論してしまう。不本意な職場環境なのだ。

さらにウェルテルは、宮廷でどんぐりの背比べをしている人たちの中で退屈が「輝く悲しみ」だと皮肉まじりに書き、徐々に問題の核心に近づいていく。――それは「宿命的な市民の境遇」である。かれは身分の違いは必要なもので、身分の違いによって自分も得をしている面があると思うが、だからといって、この世で「ほんの少しの喜びや幸福のほのかな輝き」を楽しむじゃまになっては困ると書く。これは散歩をしていてB……嬢という貴族の女性と知り合いになるが、彼女の家を訪問すると、ウェルテルを見て感じの悪い顔をする叔母がいたからだ。ウェルテルは、この年老いた女性に関して、財産もなく、精神的に優れていもせず、先祖の系図のみを支えとする貧乏貴族だとウィルヘルムに知らせる。

一七七二年一月八日の手紙では、貴族に対するよりストレートな批判が展開される。何が不快かといえば、宮廷の人びとの関心がただひたすらに儀式の席順であることだ。重要なのは、一番上に立つ人が「他の者を大局観を持って見て、支配力あるいは策略を持ち、計画実行に最大限のエネルギーと情熱をかける」ことなのにとウェルテルは書く。だがこれは一パーセントの貴族層がすべてを牛耳っている世界では望むべくもないことだ。この身分制度は変えようのないものだった。現在、日本では「格差社会」という言葉が使われることがあるが、これは身分の問題ではなく主に経済力の違いから生まれる格差だ。現代日本は資本主義社会なのでどんな人にも経済活動によって社会的地位を上昇させるチャンスがある、というのが原則である。だが身分というのは簡単に変更できない。ゲーテは上流とはいえ市民階級の生まれであり、ワイマル宮廷で働くにあたって、やはり宮廷人から反対の声が上がっている。貴族と市民の間の垣根は高かったのである。

一月二十日、ウェルテルは宮廷から外に出て自然の中を彷徨い、荒天のために農民用の安宿に避難する。雪やあられが窓をたたき、「ひとりきりで閉じこめられて」、かれはロッテに手紙を書く。私の感覚は干からびてしまった、心が満ち足りる瞬間はもうない、喜ばしい涙の時もないのだ、とウェルテルは書く。かれは現実を前にして「のぞき箱」を見るような気持ちがする、自分はマリオネットのように操られている、隣の人の木製の手に触れてぞっとした、とロッテに訴える。――「のぞき箱」は木箱の穴を覗くと見知らぬ光景や姿形を見ることができる歳の市の見せ物だ。マリオネットは糸で操る人形劇で、ゲーテは幼い頃にクリスマスに祖母からマリオネット劇場一式をプレゼントされている。ここではマリオネットは、貴族に操られて自分の意志を持てない市民の比喩だ。冷たい木の感覚がウェルテルの疎外感をよく表している。

59項　ウェルテルとゲーテの違いは？［1772年2月20日］

二月二十日の手紙は、アルベルトからの結婚報告に対する返事である。影絵（シルエット）とは、横向きの人物の影絵（胸像）を壁に映して、写図器を用いて作る肖像画だ。これはフランスの宮廷から伝わったもので当時はたいへん流行していた。

君たちに神の御加護を、そしてを幸せな日々を恵んでくださるように。私には与えられなかった幸せな日々を。だましてくれて礼を言うよ、アルベルト。結婚式の日取りの知らせがくるのを待っていたんだ。もちろんその日にロッテの影絵を壁から外して、ほかの紙の下に葬ってしまうつもりだった。今や君たちは夫婦で、ロッテの影絵はまだ貼られたままだ。こうなったらこのままにするつもりだ。別にかまわないだろう？　だって私は変わらず君たちのそばにいるんだから。君に差し支えのない範囲で、私はロッテの心のなかで二番目の位置にいるんだ。お願いだからそうさせてほしい。おお、忘れられてしまうなんて考えただけで、気がおかしくなる。――アルベルト、そう考えるのは地獄だ。アルベルト、さようなら。さようなら天使よ、さようならロッテ！［1772年2月20日］

じつはこの手紙には、よく似た内容のゲーテのケストナー宛書簡がある。これもまたシルエットを外しそびれたと知らせているが、ちょっと感じが違う。

君に神の御加護を、いや驚かされたね。キリスト受難日の日に聖なる墓を立ててロッテのシルエットを葬るつもりだった。だがまだ飾ってあるし、こうなったら私が死ぬまで飾ることになる。さようなら。天使とレンヒェンによろしく。レンヒェンはロッテに似てくるだろうとのことだが、同じく元気に暮らすように願っている。私は水がない荒れ野をさまよい、私の髪は私の影、私の血は私の泉だ。だが喜んでいるよ、色とりどりの旗や歓声のもとに港に入ったふたりの船を。スイスには行かない。そして天上天下どこにいたとしても、私は君の友人だ。そしてロッテの。［1773年4月6日頃、ゲーテのケストナー宛手紙］

レンヒェンというのはロッテの三歳年下の妹ヘレーネを指す。キリスト受難の日は復活祭直前の金曜日なので、この年は四月九日だ。この日にゲーテは知り合いの女性、ファールマー（1744-1821）宛に次のような手紙を書いている。

こんなに崇高な朝を迎えたのは今年始めてのことだ。窓辺に飛んで行き小鳥の声を聞き、アーモンドの木が花咲くのを見る。素晴らしい空のもと垣根はすべて緑だ。あなた方に、親愛なる叔母さん、親愛なる姪に、温かい青春のすばらしい春の感傷をいま知らせずにいられない。なぜなら神聖なる墓よりも神聖なる生命のほうが元気をもたらすのだから。きのう私と出かけなかったことをきっと後悔しているだろうね。神がわれわれに今日のような日をもっとお与えになり、張り骨入りスカート、トリセット、レヴェルシーノなど歯ぎしりするようなこと全てからお守りくださいますように。［1773年4月9日、ゲーテのファールマー宛手紙］

「トリセットとレヴェルシーノ」はカルタ遊びの種類だ。「親愛なる叔母さん、親愛なる姪」はファールマーと彼女の姪を指す。この手紙の雰囲気は明るい。ロッテがケストナー夫人になったあとでも、ゲーテが春の日々を楽しんでいるのがわかる。実際のゲーテは、結婚を事後報告したケストナーに文句を言いつつも友情を誓い、一方で、別の女性に手紙を書き軽口を叩いている。

60項　スキャンダル？［1772年3月15日、16日］

ウェルテルが宮廷に辞職願いを出した原因は、かれが貴族の社交の席に参加したことにある。かれはC……伯爵の館に呼ばれて昼食を共にしたあとすぐに辞去せず、つい長居をしてしまい、その夜の貴族の社交の会まで居残ってしまった。貴族たちが集まり始めても、その中に知り合いがいたのでつい話をしてしまう。かねて親しくしていた貴族のB……嬢も登場したので、彼女にも話しかけるのだが、なぜか返事をしないので訝しく思う。そうこうするうちに、部屋の隅で貴族の女性たちがひそひそと話し始め、それが男性貴族にも広がり、最後にフォン・F夫人がC……伯爵に話をして、伯爵がウェルテルを窓辺に連れて行き婉曲に退席を求めることになる。ウェルテルはすぐに謝って退席し、馬車でM……という場所に行き、丘の上で夕陽を見ながらホメロスを読んで気持ちを晴らす。このとき読んだのは、オデュッセウスが帰郷して豚飼いにもてなされる場面だった。これは『オデュッセイア』第十四歌で、オデュッセウスが長い旅を終えて帰国した夜に、かつてオデュッセウスの下僕で今は豚飼のエウマイオスの家を訪れる場面だ。エウマイオスは、主人のオデュッセウスを異国の旅人と思いこんで、慈悲の心を持って温かくもてなす。おそらくウェルテルは、忠義者のエウマイオスの見知らぬ人への思いやりとこの場面で交わされる人間らしい会話に心を癒されたのではないか。

これが〈事件〉の顚末なのだが、現代の読者にはこれの深刻さは理解できないだろう。しかしベーンの『ドイツ十八世紀の文化と社会』（1922）を読むと、ウェルテルの行為がいかに当時の貴族にとって許し難いものだったかがわかる。第十一章「社交生活」の「身分上の偏見」は次のように始まる。

十八世紀の社交生活はきわめて限定されていたものであって、ちょうど越えられない柵のように、身分上の偏見が人間をたがいに引き離していた。私たちは動物園の中の野獣のような印象を受けるだろう。彼らはたがいに相手を見たり聞いたりするが、格子の鉄棒に妨げられて相手のところへ行くことはできない。当時の社会はそのような状況にあった。かといって、当時の人びとがそのためにここちよく思わなかったと断言することはできない。家柄が人間の価値を決めるのであって、功績でも力量でも学識でもなく、さらに奇妙に思われるのは、必ずしも財産ですらなかった。（邦訳『ドイツ十八世紀の文化と社会』450頁）

ベーンは「この身分上の分離」が十八世紀ドイツの「社交上の礼儀作法」に影響を与え、「会合ではだれもがおのれの身分に従って席が与えられ、それに応じて話しかけられなくてはならなかった」（前掲書452頁）としている。

この貴族と市民の間の厳然たる垣根を考えると、ウェルテルの振る舞いが、貴族には受け入れられない越権行為だったことがわかるだろう。このことをかれは次第に認識する。まずその日のうちに料理屋で知り合いから「不愉快なことがあったんだってな」と言われる。ウェルテルが貴族の社交会から排除されたことが、あっという間に町中に広がっていたのだ。ウェルテルは好奇の目にさらされる。

三月十六日の手紙では、かねて親しくしていた貴族のB……嬢から〈貴族の目からみた昨日のできごと〉を知らされて、その言葉が「心臓を貫く剣」のようだったとウェルテルは書く。彼女は広間に入ってウェルテルの姿を見たときから、どうなるのかが分かっていたので、それを言いたかったのだが、何も言えなかったと伝える。さらに貴族の女性たちが何を話していたのか、彼女の叔母がどんな顔をしていたのか、かれに話してきかせる。彼女の頰を伝う涙を見てウェルテルは驚く。ここに至って、かれはようやくことの重大性を理解したのだ。ウェルテルの宮廷での仕事はこの〈不愉快なこと〉で終わる。かれは母親にもウィルヘルムにもなんの相談もせず、自分の判断で仕事を辞めてしまうのである。

61項　なぜ菩提樹なのか？［1772年5月9日］

ウェルテルは仕事を辞めたあと、母親やウィルヘルムのいる町には戻らず、ある公爵の所領にしばらく滞在することにする。この地で「美しい春を」一緒に過ごさないかと誘われたのだ。その道すがら、かれは少し寄り道をして自分の生まれ故郷に行く。

故郷への巡礼を、巡礼者の敬虔な気持ちに浸りつつ終わらせたが、しばしば思いもかけない感情に襲われた。S……方面から進んで、町まで十五分というところに、大きな菩提樹がある。そこで郵便馬車を停めて降り、御者に先に行くように言った。あらゆる思い出をまったく新たに、生き生きと心のおもむくまま味わうために、歩きたかったのだ。昔、少年だった頃、散歩の目標であり限界点でもあった、あの菩提樹の下にいよいよ私は立ったのだ。なんと違ったことだろう。当時は、何も知らず幸福な思いで未知の世界に憧れていた。そこに私の心を満たすあらゆる糧を、あらゆる楽しみを期待していたのだ。その欠乏を何度も胸に感じていたのだった。その広い世界からやっと戻ったわけだが――おお、友よ、かなえられなかった希望の数々、頓挫した計画の数々があるのみだ。――私はあの山が目の前にあるのを見た。それは何回も何回も行きたいと望んだ山だった。何時間もここに座り、かなたに憧れ、あの森の中に、あの谷の中に、内的魂によって溶けこむことができたのだった。それらは私の目にとても親しみやすく薄暗く映ったのだった。決まった時間が来て帰らなくてはならないとき、どんなにこの大好きな場所を去るまいとしたことか。［1772年5月9日］

この手紙の遠い山の森や谷に憧れたという内容は、42項の「ああ、遠方というのは未来と同じだ。大きな薄暗いかたまりがわれわれの魂の前にあり、われわれの感傷はそのなかに溶けゆく」と似た内容だ。少年の頃、そしてロッテに出会ったばかりの頃、ウェルテルは未来に期待を抱いていた。いまやすべてを失ったと思いこみ、生まれ故郷に戻ったウェルテルは、菩提樹の下で過去の自分を回想する。そして故郷の町を歩いて思い出の場所を再訪する。――これはまさしくロマン主義的態度だ。ロマン主義の本質は、遥か彼方を憧れることだ。〈遥か彼方〉とは、距離でもあり、時間でもある。『ウェルテル』はドイツ以外ではロマン主義小説とされることがある。その理由はこの辺りにあるのだと思う。

さて、では菩提樹は何を意味しているのだろうか。菩提樹について、まず注意すべきは、ヨーロッパの菩提樹はお釈迦さまの菩提樹とは別な種だということだ。仏教の菩提樹はインドボダイジュ（Ficus religiosa）だが、ヨーロッパの菩提樹はセイヨウボダイジュ（Tilia europaea）なのだ。このセイヨウボダイジュに関しては、小塩節『木々との語らい』（56頁）に夏の菩提樹が次のように書かれている。

まるでモーツァルトの音楽のように青く澄み切った夏の空に、ドイツやスイスでは、ボダイジュ（リンデ）の小さな白い花が、甘くいっぱいに咲いている。大樹一本に五万も咲く花に蜜蜂が群れ、その蜜は最高級。蜜蠟（みつろう）から作るリンデンろうそくは、純白のクロースをかけた食卓で最上のもてなしだ。

ゲーテは自伝『詩と真実』第一章で、フランクフルト市外の共同放牧場に泉と菩提樹があり、野外で庶民の祭りが行われたと書いている。戯曲『ファウスト』第二部第五幕では、放浪者が嵐の夜に命を救ってくれた夫婦に会うため戻って来る。その最初のせりふが「そうだ。あれがあの鬱蒼と茂った菩提樹だ」である。菩提樹は時を経て老木となっても力強いままだ。この木の下の家にかれを救った夫婦が住んでいる。年老いたが昔のように親切なままだ。菩提樹はここでは善良で素朴な人たちの平和で穏やかな生活の象徴だ。放浪者となったウェルテルが戻ってきた、生まれ故郷の菩提樹もまた幸福な幼い頃を物語っている。旅人が密かに希求するのは、じつは定住だ。『ウェルテル』の菩提樹には幸福な暮らしのイメージが重なっている。

62項　なぜ「心」が大切なのか？［1772年5月9日、6月11日］

小説全体の構成の中で、一七七二年五月九日の手紙は筋の進行が止まる〈停滞〉部分に当たる。宮廷を辞職してすぐにロッテのもとに帰ると、筋の展開が早すぎるので、いったんここに〈停滞〉が入っているのだ。ウェルテルは宮廷を去って生まれ故郷に戻り、過去を回想する。宮廷の束縛から逃れたので、かれは再び感情を取り戻す。市門の外の菩提樹の下で少年時代の自分を思い返し、徒歩で町に入り、記憶の中の風景を探す。そのひとつが川辺の風景だ。ウェルテルは、川に平たい石を投げて水切りをしたことや、川辺に立って見知らぬ国のことを想像したことを思い出す。そして、このとき自分は、果てしない海や大地を前にした、オデュッセウスのように感じていたと思う。ウェルテルは、川辺で自分が感じた思いは、学校で教わる知識よりも真であり、人間的で内的だった、と回想する。

ここには4項で述べたシュトゥルム・ウント・ドラングの考え方が反映されている。当時のゲーテは十八世紀ドイツ啓蒙主義の硬直、つまり詰め込み教育、知識偏重に反感を抱いていた。あらゆる束縛を嫌悪し、心から湧き上がってくるものだけを追い求めていたのだ。オデュッセウスは、ホメロスの叙事詩『オデュッセイア』の主人公であり、トロイア戦争で遠征したのち十年間も海上をさまよう定めを背負っていた。このギリシア神話の英雄は、知識ではなく行動の人で、自らの運命に身をゆだねて未知の世界に旅立つ。果てしない世界、大海原を進む船、スケールの大きな冒険――この明るく、ダイナミックな叙事詩の世界をゲーテは愛していた。ホメロスの世界には制限や束縛もなく、暗い教室の中で叩きこまれる知識のつまらなさもなかった。このゲーテの考えは、ウェルテルに投影されている。

故郷への巡礼行を終えて、公爵の館に滞在するようになったウェルテルは、公爵について次のように書く。

ときおりいやな気持ちがするのは、あの人が聞いたことや読んだことを、よくそのまま話すことだ。つまり、ほかの人の言ったことの意図をその通りに汲んで、ちょうどその観点から話をするのだ。

もちろん、かれは私の知性や才能をこの心よりも高く買っている。しかし、私の心こそ私の誇りであり、心だけがすべての源、すべての力、幸福、悲しみの源だ。ああ、私の知っていることなど誰でも知ることができる。――私が持っているのは、私の心だけなのだ。［1772年5月9日］

六月十一日の手紙でも、ウェルテルは公爵といても「うまく書かれた本を読んでいる」ようで面白くない、ここで良かった唯一のことは絵を描けたことだ、だが公爵の批評が通常の専門用語に縛られていてつまらない、と愚痴をこぼす。公爵はウェルテルの「温かい想像力」を理解せず、型通りの用語しか口にしてくれない。つまらない。――ウェルテルは公爵の館を去り、鉱山にでも行ってみようと決意する。

そこで問題だが、なぜウェルテルはなによりも心を大切にするのだろうか。これは意外かもしれないが、デジタル時代を生きる私たちにとって重要な問いである。じつは現在一番難しいのは、ウェルテルのように「私が持っているのは、私の心だけなのだ」と言い切ることだ。とくに昨今では、6項でも少し触れたが、ＡＩ（人工知能）技術が加速度的に発展し、人間の創造活動に大きな影響を与え始めている。以前は考えられなかったＡＩによる画像認識、音声認識、自然言語認識によって、絵画、音楽、言語芸術の世界は変わりつつある。これまで人間のみによって作られていた芸術作品に、ＡＩの技術が適用されるようになっているのだ。ＡＩはまさにウェルテルがいやな気持ちがするという〈知識の詰め込みとその受け売り〉を、究極の形にまで発展させたものだ。そのうち喜怒哀楽を定義できるだけの膨大な情報が集まれば、感情を表現できるＡＩも生まれるに違いない。そのとき、私たちはウェルテルのように「心こそ私の誇り」と果たして言うことができるのだろうか。これは考えてみるべき問題である。

63項　ロッテの近くに戻ってからの展開は？［1772年7月29日～12月17日］

前項では書かなかったが、ウェルテルが鉱山に行こうとした一番の理由は、鉱山がロッテの住む場所の近くにあったからだ。第一部であんなに涙を流して別れたのに、結局ウェルテルはロッテのそばに戻ってしまう。もうロッテは結婚しているので、これは後ろ向きの選択だった。袋小路に入るのは目に見えている。

一七七二年七月二十九日〈内面〉ロッテと共感できるのは自分だけだ
八月四日〈出来事〉ワールハイムの家族が不幸になっている
八月二十一日〈内面〉舞踏会に行ったときの感情は消え、すべて過去になった
九月三日〈内面〉ロッテのすべてを愛しているのは自分だけだ
九月六日〈出来事〉舞踏会に行ったときの服を捨てて同じ型のものを新調した
九月十五日〈出来事〉牧師館の年老いた牧師が亡くなり、クルミの木々が伐採される
十月十日〈内面〉アルベルトが幸福だと思えない
十月十二日〈内面〉オシアンがホメロスに取ってかわる
十月十九日〈内面〉胸のなかの空白が消えない
十月二十六日〈内面〉病人のうわさ話を聞き人間のはかなさを考える
十月二十七日〈内面〉人間同士が愛し合えないのはむなしい
十月三十日〈内面〉ロッテに肉体的欲望を抱いて苦しむ
十一月三日〈内面〉かつての心は枯れてしまい涙も出ず、自然は塗り絵になった

十一月八日〈出来事〉ワインを飲みすぎないようロッテに言われる
十一月十五日〈内面〉私と一緒に世界も没落する
十一月二十一日〈出来事〉ロッテが「愛するウェルテル」と挨拶する
十一月二十四日〈出来事〉ロッテがピアノを弾き歌を歌うが心は晴れず
十一月三十日〈出来事〉冬にもかかわらず花を探す男性に会う
十二月一日〈出来事〉花を探していた男性がロッテを愛していたことを知る
十二月四日〈出来事〉ピアノを弾くのを止めてくれとロッテに言う
十二月六日〈内面〉ロッテのおもかげ、黒い目に呪縛されて感情も湧かない
十二月八日〈内面〉夜の十一時に洪水の光景を見にいく
十二月十七日〈内面〉ロッテを抱きしめて、くちづけをする夢をみる。何も考えられない

この展開はゲーテ自身が経験したことではなく、ゲーテがイェルーザレムの心中を想像して考えたものだ。かれが拳銃自殺をしたとの知らせを受け取って、ゲーテは「不幸なイェルーザレム。あの知らせは私には衝撃的で予想もしないものだった」で始まる次の手紙をケストナーに書いている。前半部分は宮廷内教会の説教師だったイェルーザレムの父親を激しく糾弾する内容であり、後半部分にイェルーザレムのことが書かれている。

> 気の毒な若者だ。私が散歩から戻ったとき、月光のなかでこちらに来るかれと出くわした。恋しているんだね、と私は言ったんだ。こう言って私が微笑んだのをロッテは今でも思い出すに違いない。きっと、孤独がかれの心をむしばんだのだ。そして――七年前からあの人を知っていたが、あまり話したことはなかったんだよ。だが私が出立する際に、かれから一冊の本を貰ったんだ。生きているかぎり、かれの記念として持っているつもりだ。「1772年11月初め、ケストナー宛手紙」

64項　伏線はどうなる？〔1772年8月4日、8日21日、9日15日〕

いよいよこの小説も徐々に最後に近づき、敷いてあった伏線が回収されていく。八月四日の手紙を読んでみよう。ロッテのもとに戻ったウェルテルは、まずお気に入りの場所ワールハイムを訪ねる。すると仲良くなった子供たちの家族に不幸が起きている。

31項に書いたように、ワールハイムは、ロッテの住居まで三十分ほどの場所にあり、ウェルテルが心からくつろげる場所だった。教会がある広場の菩提樹の木陰にテーブルを出してもらい、コーヒーを飲み、ホメロスを読むのを日課にしていた。ここでの知り合いは、働き者で陽気なおかみと男の子たちとその母親、それにその他ワールハイムの子供たちだ。なかでもスケッチをした兄弟ふたりの姿は、ウェルテルの心に残っていた。だが、今はどうだろうか。あのとき地面に座った兄が抱えていた一番下の弟は亡くなってしまい、父親の帰郷を待っていた家族は不幸の中にいる。父親は財産を手にいれることができず、道中で病になって帰宅したというのだ。

失意のウェルテルは八月二十一日の手紙で次のように書く。

私が市門から出て、ロッテをダンスに連れて行く際に初めて通った道を行くと、なんとすべてが変わっていたことか！　すべて、すべてが過ぎてしまったのだ！　以前の世界は跡形もなく、あのときの私の感情が脈打つこともない。まるで燃え落ちた城に戻ってきた城主の霊魂のようだった。かれはかつて華々しい全盛期の公爵として城を建て、あらゆる贅を尽くして調度を整え、愛する息子に城を譲って後顧の憂いなく亡くなったのだった。

九月十五日の手紙では、牧師館のクルミの木々伐採の件が書かれており、これもウェルテルには大きな喪失となった。年老いた牧師が亡くなったので、新しい牧師が着任したのだが、その妻がクルミの木々を伐採させたのだ。この新しい牧師の妻は、ウェルテルが宮廷で働いているときに出会った貴族のB……嬢の叔母と似ている。B……嬢の叔母は自身の家系図のことだけを基準にしているが、新しい牧師の妻はキリスト教の道徳批判的改革のことだけに目を向けている。しかも聖書の正典研究に身を捧げているという。興味深いのは、彼女がクルミの木々伐採を思いついた理由が妙に現代的なことだ。いわく落ち葉が庭を汚す、木々のせいで日当たりが悪い、実がなると、子供が石を木に投げて実を落とそうとしてうるさい、勉強のじゃまになる。――たしかに牧師館にクルミの木々を植えて管理するのは、手間のかかることだ。しかし、以前の牧師はそれをいとわず、クルミの木々を大切にしていたのだ。今は、心、感情、感傷のない人たちが牧師館に住んでいる。

さらに、このクルミの木々伐採に関しては、妙に現実的な問題がからんでいる。――それはお金の問題だ。まず、妻の提案に新牧師が賛成した理由が、お金だった。かれは村長と結託して儲けを二分しようと画策したが、これに宮廷の官署が介入して、クルミの木々は宮廷に没収されて競売にかけられた。結局、領主のものとなったのだ。ウェルテルは、Sie liegen!（それらは横たわっている）と書き、宮廷批判とも取れる言葉を口にする。地上に積み上げられたクルミの材木は、新牧師夫妻だけでなく、宮廷への批判のイメージとなっている。

では、この牧師館のありさまは小説で何を意味しているのだろうか。――それはかつてウェルテルが幸福だった場所が、ことごとく変貌している、ということだ。44項で書いたように、以前はロッテの牧師館訪問にウェルテルが付いていくと、そこに年老いた牧師がいた。かれは『ウェイクフィールドの牧師』の主人公のように、欲がなく、善良で、シンプルな心の持ち主だった。あの平和で楽しい雰囲気のなかであったからこそ、ウェルテルは人は不機嫌な顔をしてはならないという論を展開できたのだ。あのときかれは自身の話で胸がいっぱいになり、思わず涙を流した。すると、帰り道でロッテがなんにでも「温かな思いやり」を寄せすぎるのはよくないと叱ってくれたのだった。ウェルテルは町に戻ってきたが、そこにあの感傷的な世界はもうなかったのである。

65項　ホメロスからオシアンへ世界が変わるとは？［1772年10月12日］

第二部の決定的な転換点は十月十二日の「私の心の中でオシアンがホメロスを追い出した」で始まる手紙だ。この手紙はすべてオシアンに関する内容となっている。前項でワールハイムと牧師館など、ウェルテルが幸福だった場所が、ことごとく変貌していると書いたが、オシアンがウェルテルの心の中でホメロスに取って代わったあとは、第一部の感傷的な、愛と涙に満ちた世界は完全に消え失せて、色彩のない冷たい風の吹く世界となる。オシアンの歌は『オシァン――ケルト民族の古歌――』（447頁）によると、次のようなものだ。

これらの歌は、三世紀のころスコットランドの北部のモールヴェン（Mòr-bheann）の地方にフィン王（Fionn）、またはフィンガル王（Fionnghal）と呼ばれる首領があって、所領地ばかりでなく海外にも救援を乞われて遠征していましたが、一族の者達が次ぎ次ぎに戦場で倒れ、最後に生き残った王子のオシァン（Oisein）が、高齢で失明した後、息子オスカル（Oscar）の許嫁者で竪琴の名手であったマルヴィーナ（Malmhina, Mala-mhin）に一族の戦士達の思出を語りきかせたのをマルヴィーナが覚えていて後世に残したものと言い伝えられています。

では続けて一七七二年十月十二日の手紙を読んでみよう。

私の心のなかでオシアンがホメロスを追い出した。この素晴らしい人が私を連れていくのは、なんという世界だろうか。荒地を彷徨い、疾風に取り巻かれる。疾風は、立ちのぼる霧のなか、薄暗い月光のなかに先祖の霊魂を呼び起こす。山からの音を聞けば、森を流れる川のとどろきのなかに、洞窟から霊魂の切れ切れの呻き声が聞こえ、草に覆われ苔むした、気高く戦場に散った恋人の四つの墓石周辺では、悲しみに息が絶えた乙女の慟哭が聞こえる。

すると私は彼を見いだす。あの彷徨う、白髪の歌びとを。かれは広大な荒野を先祖の足跡を探して歩き、そしてああ、その墓石を見つけるのだ。そして悲しみにくれて夕空の星に目をやると、それは荒れた海へと沈んでいく。かくて過去の時代が英雄の魂に生き生きと甦える。そこでは好ましい星の輝きが勇者たちの危険な企てを照らし、月がかれらの花環で飾られた戦勝の船に光を投げかけたのだった。［1772年10月12日］

この世界の色調は黒、灰色、青灰色、白であり、場所は荒野、洞窟、丘、谷間、渓流、激流、荒れた海、岩場、島などだ。これらの場所を風が吹きぬけ、勇者や乙女の長い髪を揺らす。これはキリスト教以前の北方神のオーディン神が支配する世界だ。物語はすべて過去に起こったことで、登場人物たちはすでにみなこの世にいない。勇者たちの幽霊が出没し、悲嘆の声が聞こえてくる。すべてが過ぎ去った世界なのだ。

じつはマクファーソン（47項を参照されたい）が英訳したオシアンの世界は、それ自体は魅力的な古代の英雄物語で、登場人物はゆううつに心を占領されることなく、戦うべきときに戦い、愛すべきときに愛する。ヘルダーが『オシアン』の翻訳をゲーテに勧めたのも、ながい時を越えて語り継がれてきた叙事詩に、文明に汚されていない純粋な人間の魂を読み取ったからだ。しかし、ゲーテは『ウェルテル』に、オシアンの世界を〈ホメロスとは異なる世界〉として、明に対して暗、安定に対して流動、均衡に対して混沌を表すものとして、意図的に導入している。

『ウェルテル』でホメロスが出てくるのは、ワールハイムの菩提樹の木の下、ロッテとアルベルトの誕生日プレゼント（ウェートシュタイン版小型本ホメロス）、C……伯爵の館で退席を命じられた直後、生まれ故郷の川辺など、幸福なときや心を落ち着かせたいときである。オシアンがホメロスを追いやったとは、ウェルテルの世界が滅びゆく者の灰色の世界に変わったことを意味する。ゲーテは、ひとりの人の絶望を表現するために、世界そのものを変貌させているのである。

66項　世界が沈みこみ、冬の風景になる？［1772年11月3日、15日、30日］

十一月三日と十五日の手紙には神に関する記述があるので、少し説明が必要だ。まず、十一月三日の手紙には「私は苦しい。なぜなら、私の人生の唯一の喜びであったもの、私の周囲に世界を作り出してくれた、命を吹きこむ神聖なる力を失ったからだ」とある。この「命を吹きこむ神聖なる力」は、人間の〈神に等しい創造力〉を意味している。

ウェルテルは22項の手紙［1771年5月10日］で草の中に寝転がり、「草の茎のあいだの小宇宙のうごめき」を心に近く感じる。このうごめきは、小さな虫や蚊など無数の生き物の命のうごめきであり、かれはこの現象を創造主の力の現れと感じとる。これはシスティーナ礼拝堂のミケランジェロ（1475-1564）の天井画「アダムの創造」に表現されている、創造主から流れでるパワーと同じものだ。だがあれから一年半が経って、かれの心はもはや「大いなるもの」に対して開かれていない。涙は枯れてしまい、感じる心も失われて、かれ自身が持っていた「命を吹きこむ神聖なる力」もなくなった。いまでは自然が「ニスを塗った小さな絵」に見えるのだ。

十一月十五日の手紙は、さらに深刻な事態を告げている。ウェルテルは、もはやキリスト教の信仰は自分の救いにはならないのではないか、とウィルヘルムに告げる。かれは、各自に与えられた量の限度ぎりぎりまで耐えぬき、おのおのの盃を飲み干すのが人間の運命だとわかっていると書く。だがいかに定めだとしても、苦いものを飲んで甘いふりができるのかと、ウェルテルは問う。――50項で、かれが「人間の本性は限界を持っている。人は喜び、悩み、痛みをある程度までは耐えられるが、限度を超えると破滅する」と書いたことをすでに紹介したが、ここにきて、ウェルテルはついに「限度」を越えたと告白しているのである。

かれは「私の周りは沈みこみ、私とともに世界が没落する」と書き、イエスが十字架につけられて言った最期の言葉「わが神、わが神、なぜわたしをお見捨てになったのですか」（「マタイによる福音書」〔27章46節〕、「マルコによる福音書」〔15章34節〕）を引用する。聖書の当該箇所「イエスの死」には昼の十二時から三時まで全地が暗くなり、三時にイエスが大声でこの言葉を叫んだとある。これを絶望の言葉と取るかどうかには諸説がある。

なお、このあとの『ウェルテル』では、まわりを囲む自然や風景自体が加速度的に暗くなっていく。十一月三十日の手紙を読んでみよう。ウェルテルは、昼食を食べる気になれないので、川のほとりを歩きに出かける。すると山から湿った冷たい風が吹きおりて、灰色の雨雲が谷へ向かってくる。向こうの岩のあいだに緑色の上着を着た人が見える。話しかけてみると、恋人のために花を探していると答える。冬に花はないと言うと、家にはバラとスイカズラ、この辺には黄、青、赤の花があり、ベニバナセンブリがあるはずだと言いはる。ウェルテルはいぶかしく思う。緑色の上着の人は、恋人が金持ちで宝石や冠を持っており、以前はものごとがうまく進んで幸福だったとウェルテルに話す。すると、そこに「ハインリヒ」と呼ぶ声が聞こえて、この人の母親が現れる。ウエルテルはこの母親から事情を聞くのだが、彼女は、息子は少し前まで「精神病院で鎖につながれていた」が、いまは大人しくなっているというのである。さらに話すうちに、ウェルテルは、この男性が幸福だったというのは、精神病院にいた頃のことだと知る。これを聞いて、ウェルテルは雷に打たれたような衝撃を受け、母親の手に一枚の金貨を握らせるとその場を立ち去る。かれは神に向かって、「理性を持つ以前とそれをまた無くすとき以外は人間が幸せでないように、あなたは人間の運命をお作りになったのですか」と叫んで嘆く（理性を持つ以前とは子供のとき、それをまた無くすときとは正気を失うとき、という意味である）。

この場面には、シェイクスピア『ハムレット』のオフィーリア水死の場からの影響も指摘されている。川、花、狂気というモチーフが共通しているからだ。しかし、オフィーリアは編んだ花輪を柳の木の枝にかけようとして川に落ちるが、『ウェルテル』の緑色の上着を着た人は〈ないもの〉を探している人だ。出口のないウェルテルの状況の比喩なのである。

67項　改訂版の「作男」とは？［1772年12月8日、改訂版では12月12日］

十二月八日の手紙は次のように始まる。

親愛なるウィルヘルム、私は、悪霊に引きずり回されていると世間が思うような、あの不幸な人たちと同じ状態にある。そういった感じがときに私を襲うんだ。それは不安ではなく、欲望でもない。内的な、いままで知らないような狂おしい激情なんだ。それは私の胸を掻きむしろうとする。私の喉を締めつける。つらい、つらいんだ。こうなると、悪天候の時季で恐ろしいありさまの夜であっても、外を歩き回るしかなくなる。［1772年12月8日、改訂版では12月12日］

この「あの不幸な人たち」という言葉で浮かぶイメージは、初版と改訂版で異なる。初版では前項（66項）の〈冬空に花を探す人〉がまず思い浮かぶ。しかし、改訂版では事情が違う。ゲーテは右の十二月八日の手紙を、改訂版で日付を十二月十二日に変えて、「編者から読者へ」に移動させている。そしてその直前に「作男」（Bauerbursch）の逸話を入れている。「作男」とは農家に雇われた若者のことで、この逸話はゲーテが改訂版に新たに追加したものだ。つまり、改訂版では「あの不幸な人たち」で喚起されるイメージは、作男となっている。

ではなぜゲーテはこのような改訂を行ったのだろうか。——それは、初版『ウェルテル』にのめり込んで暗い気持ちになった若者たちから手紙をもらったことや、周りの人びとから初版の行き過ぎを批判されたことなどが、直接的な原因である。訳出した十二月八日の手紙の後半は、「雪解けの陽気」のためワールハイムを襲った洪水の描写であり、これは人間の暗い絶望の比喩となっている。この洪水で、ウェルテルの思い出の場所はなにもかも流されてしまう。ゲーテは、この絶望の比喩から読者の気持ちを引き離すことを狙い、別の物語を入れ込んだのである。

ゲーテが『ウェルテル』改訂を行ったのは〈作者公認のゲーテ全集〉を初めて出したときだった。当時は著作権法がなかったので、海賊版の〈ゲーテ全集〉の出版が多かった。最初のゲーテ公認の全集はゲッシェン（1752-1828）が出版した『著作集』*Schriften* であり、一七八七年から刊行開始となっている。この全集の第一巻に『ウェルテル』改訂版が収められている。

逸話の内容は次のようなものだ。作男が仕える女主人（未亡人）を愛し、結婚したいと願うが、ある日彼女と肉体的関係を持とうとしたために、彼女の財産を狙う親戚によって排除される。やがて未亡人には別の雇人が現れ、作男はこのライバルを殺してしまう。しかしウェルテルは作男が一途に女主人を慕っていることに感動して、かれの無実を証明しようとする。これは失敗に終わる。念のため作男に関する手紙が挿入された箇所を挙げておこう。

一　［第一部］一七七一年五月二十七日（初版）の後に五月三十日の手紙（改訂版）（ワールハイムで作男の女主人への純愛を知る）

二　［第二部］一七七二年九月三日（初版）の後に九月四日の手紙（改訂版）（作男が主家から追い出されたのを知る）

三　［編者から読者へ］冒頭を書き換え、ワールハイムでの作男による殺人の逸話を入れ、その後に十二月八日（初版）の日付を十二月十二日（改訂版）にして移動

この作男の逸話は、出来事を客観的に述べる文体で書かれている。長いひとりごとのようなウェルテルの熱弁もない。二階に寝ていた女主人のもとに行く、という肉体関係を明示する言葉もあり、殺人に至る経過もわかりやすい。『ウェルテル』に没頭していた読者は、必然的にこの部分でウェルテルとロッテの物語からちょっと身を離して、これはなんだろうという気分になる。これは、ゲーテが仕組んだ一種の安全弁だったのである。

68項「編者より読者へ」の構成は？［1772年12月20日～12月23日］

ここでは「編者より読者へ」初版の構成のみを紹介したい。この構成はかなり複雑なものだが、地の部分は「過去形」による編者の語りであり、そこにウェルテルの手紙の断片と、オシアンの翻訳の朗読が挿入されている。

［編者の報告、導入部］ウェルテルのためにアルベルトとロッテ夫婦の平和が乱される。

――日付なしのウィルヘルム宛（?）の手紙（「幕を上げてその向こうに行くことが恐ろしい」。）

［編者の報告］公使館勤務のときに味わった不愉快なことを忘れられなかった。

［十二月二十日（クリスマス前の日曜日）］

――ウィルヘルム宛の手紙（「迎えに来てくれるのは二週間待ってほしい」。）

［編者の報告］夕方、ロッテを訪問。クリスマス・イブまで来ないように言われる。

［十二月二十一日（月曜日）］

※ロッテ宛の遺書はウェルテルの部屋に封をされたまま遺されていたもの。この遺書を編者が五つに区切って報告文に挿入している。

――朝、ロッテ宛の遺書①（私が死ぬと決意。「三人のうちひとりは消えなくてはならない」。）

［編者の報告］午前十時頃、召使に数日後に旅に出るので荷造り、その他の始末をするように命じる。ロッテの父親の管理官宅に行くが、管理官は不在、ロッテの弟や妹たちと会う。午後五時頃帰宅。

――ロッテ宛の遺書②（「今日会わないと永遠に会えないので、会いに行く」と書く。）

[編者の報告] 午後六時半、ロッテの家に行く。アルベルトは不在。オシアンの朗読。ウェルテルとロッテは抱き合う。ロッテから二度と会わないと宣告される。荒天の夜を彷徨い歩いたあと、十一時頃に帰宅。よく眠る。

[十二月二十二日（火曜日）]

[編者の報告] 朝、召使がコーヒーを持っていくとウェルテルが手紙（ロッテ宛遺書）を書いていた。

――ロッテ宛の遺書③（女友達の埋葬に立ち会ったときの話。「心の奥で燃える炎は永遠に消えない」。）

[編者の報告] 午前十一時頃、召使の少年にアルベルト宛の手紙を託す。

――アルベルト宛の短い手紙（「旅に出るのでピストルを貸してほしい」。）

ロッテ宅に、ウェルテルの召使の少年が来て、アルベルトに命じられたロッテがピストルを少年に手渡す。

――ロッテ宛の遺書④（「ロッテがピストルを手渡してくれたことに感激した」と書く。）

[編者の報告] 午後、荷造りなどしたのち、雨が降るなかM……伯爵の公園に行き、夕方に帰る。

――ウィルヘルム宛の手紙（別れの言葉と母親へのことづけ、挨拶。）

――アルベルト宛の手紙（謝罪と別れの言葉。）

[編者の報告] 夜、書類を破き暖炉で燃やす。ウィルヘルム宛に原稿やノートをまとめて小包をつくる。

――ロッテ宛の遺書⑤（十一時過ぎに窓辺から空の星を眺めた。遺品と墓の場所など。別れの言葉。）

[編者の報告] 午後十二時に自殺に及ぶ。

[十二月二十三日]

[編者の報告] 臨終の経過、正午十二時に死亡。埋葬に向かうところまで。

69項　なぜアルベルトは変わったのか？ ［編者の報告］

初版の「編者から読者へ」のアルベルトは、第一部の穏やかで親切な人とは少し違う書き方をされている。これには理由がある。1項で書いたようにゲーテは知人のイェルーザレム自殺事件から『ウェルテル』の着想を得ている。主人公が最後に自殺するのは最初から決まっていたのだ。ここで6項で書いたことを思い出してもらえるだろうか。――それは、ウェルテルは本当の話ではなく、単なる〈お話〉だということだ。別の言い方でいえば、この小説は駆け出しの作家だったゲーテが書いた〈作り話〉なのである。だからゲーテはウェルテルを絶望させなくてはならなかった。そのために登場人物を変化させていく必要があったのだ。もしも「編者から読者へ」のアルベルトが第一部のアルベルトのように「世界で一番善良な人間」のままだったら、ウェルテルに助けの手を差し伸べてくれるはずだ。しかし、それでは意図した筋とは違うものになってしまう。

だから小説の最後になって、アルベルトは仕事に追われて不機嫌な顔を見せたり、ときに皮肉も口にするような、よくある夫になってしまう。そしてウェルテルがロッテを慕うことを「かれの権利の侵害」とみなすようになる。一方、ウェルテルは心の悩みゆえに以前の精神力、活発さ、鋭い洞察力を失っている。このふたりの感情がロッテに感染して、ロッテもゆううつな気持ちになってしまう。三人とも最悪の精神状況になってしまうのである。これはゲーテが作家として意図的に作り出したものだ。

また第二部の人物造形については、もうひとつ別の可能性もある。往年のドイツ文学者、トルンツ（1905-2001）は、第二部でロッテとアルベルトのモデルがフランクフルトのマクシミリアーネとブレンターノに変わったと指摘している。マクシミリアーネに関して、ゲーテは自伝で、美しい貴族の館からフランクフルトの町中の商家に嫁いだ彼女は「幸せでなかった」と書いている。ブレンターノ（1735-1797）はマクシミリアーネより二十歳以上も年上のイタリア人であり、非常に商才のある人で大金持ちだったが、彼女との共通点は少なかった。機嫌が悪いアルベルトのモデルは、ブレンターノだった可能性もある。

いずれにしても、『ウェルテル』が世にでると、ケストナー夫妻はモデルとみなされて世間の好奇の目にさらされた。なにしろヒロインの名前がロッテなのでさぞ迷惑だったろう。ケストナーはゲーテに抗議の手紙を送っている。これは当然のことではないか。しかしゲーテは一七七四年十一月二十一日のケストナー宛手紙で、『ウェルテル』を回収することはできない、ウェルテルは存在せねばならない、と次のように返答している。

（……）愛する親愛なるケストナー！　待っていてくれさえすれば、時がきみたちを助けるだろう。私は命を賭けてもウェルテルを回収するつもりはない。私を信じてほしい、信じてほしいんだ。きみの心配、きみの苦情は、我慢してくれさえすれば、夜の幽霊のように消える。――一年もすれば、約束するよ、最高に感じ良く心の底から気持ちをこめたやり方でね、おしゃべりな世間の人たち、もちろんあいつらは豚の群れだが、あいつらが言うかもしれない、すべての疑いや誤解などは、気持ちのよい北風、霧、靄のように消え去るさ。――ウェルテルは必ず――存在せねばならない！　きみたちはかれを感じないで、ただ私ときみたちを感じとっているんだ。（……）

このモデル問題は尾を引いたようで、前項（67項）で述べた全集第一巻の『ウェルテル』改訂版（1787）で、ゲーテは言語的および文学的な改訂以外に、ケストナー夫妻の意向を汲んで、ロッテとアルベルトの人物像をあたりさわりの少ないように書き直している。また、改訂時にゲーテはすでにワイマル宮廷の枢密顧問官になっていた。当然貴族社会への遠慮も大きくなり、初版にあった「公使館で受けた不愉快なことをかれは忘れることができなかった」（編者の報告）を削除して、改訂版では「かつて働いていた際に遭遇したあらゆる不快なこと、公使館での不愉快なこと、その他失敗したこと、かれを傷つけたことなどすべてが、魂のなかを上下した」と一般化している。ゲーテは必要ならば制限を受け入れる大人になっていたのである。

70項　ウェルテルが朗読するオシアンとは？　(一)

ウェルテルは十二月二十一日にロッテを訪ねて、ロッテの頼みによってオシアンを朗読する。このオシアン朗読はウェルテルとロッテの間にあった道徳的な壁を突き崩してしまう。オシアンは41項のクロプシュトックと同じようにウェルテルとロッテのふたりを共鳴させる媒体だ。『ウェルテル』では文芸作品の世界に浸ることで、感情が解放されるのだ。

しかしここで大きな問題が生じる。それは、現代の読者にとってはオシアンがそのような力を持っていないことだ。一向に心が揺さぶられず、単に退屈な場合さえある。この理由の大半は、そもそもオシアンの世界の成り立ちがわからず、登場人物が誰なのか見当がつかないからだ。そこでこの項と次項で『ウェルテル』に挿入されたオシアンの解説を行いたい。これは、『オシアン作品集、フィンガルの息子』の「セルマの歌」*The Songs of Selma* と「ベラトーン」*Berrathon* 冒頭部を、ゲーテが自由韻律を用いて原典にほぼ忠実に翻訳を行ったものである。

まずオシアンの成り立ちに注目しよう。現在では、オシアンの歌は印刷された物語になっている。しかしこの古歌は長い時を越えて口頭で伝承されてきたものだ。65項で紹介したように、最初に歌ったのはオシアンだとされる。そのオシアンはフィンガル王一族の最後の生き残りとされるので、かれの歌に登場するのはすでにこの世にいない人びとである。

また、この歌というのが、現代とは違う意味を持っていたことも重要だ。古代スコットランドでは、王に多くの歌人（the bards of the song）が仕えていたという。かれらは王と戦士たちが宴を催すときに歌競べを行い、そこで王に認められた歌を子孫に伝えるとともに、勇者が戦いで命を落とすと、かれらの誉を歌って霊を弔う役目を担っていた。子孫に歌を伝えることで時を越えて存在し、かつ勇者を歌で清める霊的存在でもあったのだ。つまり、オシアンの歌はフィンガル王に仕える英雄を弔う神聖な歌でもあったのである。

この項では「セルマの歌」を説明する。セルマはフィンガル王の都である。「セルマの歌」は夕闇の西空に輝く星への呼びかけで始まり、やがてオシアンの魂が光を放ち、いまは亡き戦士や歌人が現れる。かれらはオシアンが歌う物語の登場人物でみな亡霊である。したがって、歌はすべて過去のできごとを嘆くものである。この内容を箇条書きで次のようにまとめておく。

㈠　オシアンがフィンガル王とその戦士や歌人（ウリン、リノ、アルピン、ミノン）を呼び寄せる。

㈡　ミノンが「コルマの歌」を歌う。コルマとザルガルは愛し合うが、互いの家が仇敵の間柄であったため、コルマの兄とザルガルが剣で戦い両者とも亡くなる。コルマは丘の上にひとり取り残される。

㈢　ウリンがアルピンが歌った「モラルの歌」を歌う。これはウリンの回想から始まる。ウリンが狩りから帰ると丘の上でリノとアルピンが歌を歌っていた。リノがアルピンになぜ歌うのかとたずね、アルピンが戦死した勇者モラルの誉の歌を歌う。この歌を聞いてモラルの父（フィンガルの戦士）は涙を流す。

㈣　戦士たちはみなウリンの歌を聞いて悲しみにくれる。息子を亡くしたアルミンが、息子アリンダル、娘ダウラ、ダウラの求婚者アルマルの悲劇を歌う。アルマルに兄を殺されたエラトはダウラを騙して海上の岩に連れていく。妹を助けに船を出したアリンダルをエラトと見誤ったアルマルはアリンダルを矢で射殺す。アルマルもダウラを救おうとするが、海の藻屑と消える。ダウラは岩に取り残され悲嘆のうちに死ぬ。

㈤　オシアンの嘆きの歌で終わる。（『ウェルテル』では㈤は省略）

「セルマの歌」の朗読は、ロッテの目から涙があふれたので一時中断される。

71項　ウェルテルが朗読するオシアンとは？　(二)［編者の報告、1772年12月21日］

この項では、十二月二十一日夕方のロッテの心境をまず確認する。この日、アルベルトはウェルテルがクリスマス・イブまで来ないとロッテから聞いて、泊まりがけの仕事にでかける。

彼女はひとりになって座ると、気弱になって、過ぎし日を振りかえった。夫にとっての自身の価値、そして夫への愛をしみじみと感じた。その夫は約束した幸福のかわりに、いまや彼女の生活を不幸にし始めていた。次にウェルテルに考えが向かった。かれを叱っても、かれを憎むことができなかった。ふたりが出会ったときから、だれにも言えない何かが彼女をかれに惹きつけていた。いまとなって、あれから時が流れて、さまざまな状況を経験したあとでも、彼女の心のなかでかれの存在は消しがたいものだった。胸が苦しくて泣いて気持ちを晴らさずにいられなかった。彼女の心はやがて静かなメランコリーの状態になった。メランコリーに浸れば浸るほど、それは深くなっていった。［編者の報告、1772年12月21日］

このあと、ロッテはウェルテルが訪ねて来たのを知る。困った彼女は女友達たちを呼びに使いを出すがこれはうまくいかなかった。ロッテは少し考えたがアルベルトの疑いに反発を感じていたこともあり、自分は大丈夫なのだからと思い、女中を隣室に控えさせるのをやめてしまう。ピアノでメヌエットを弾いて気持ちを落ち着けて、彼女はウェルテルに何か朗読するものをお持ちかと聞く。しかしウェルテルは何も持っていなかった。そこで、ロッテは、ウェルテルが翻訳したオシアンを読んでくれないかと頼む。いつか読んでもらおうと思い、引き出しの中に仕舞っておいたものだ。

ここでいよいよオシアンの朗読が始まる。今までオシアンに関して、47項、65項、70項と重ねて説明してきた。

47項のオシアン言及は伏線と考えられ、65項の「ホメロスからオシアンへ世界が変わる」でこの伏線が回収されて、ウェルテルの絶望が示される。しかし、最後のオシアン朗読は絶望の表現だけでなく、少し違う意味を持っている。この朗読によって、ついにウェルテルとロッテは世間を枠を出て〈別世界〉で抱きあうのである。この経緯は次のように進む。――まずウェルテルはオシアンの翻訳を手にして戦慄に襲われて涙を流す。つぎにかれの朗読を聴いて、そもそもメランコリックな気持ちに浸っていたロッテは涙を流してしまう。そこで朗読を中断したウェルテルは、ロッテの片手を取りくちづけをする。ロッテは片手でハンカチを持ち涙を拭う。ふたりの姿勢の不安定さが印象的な場面だ。

この中断のあと、読まれるのが「ベラトーン」だ。この部分の翻訳は『オシアン作品集、フィンガルの息子』の「ベラトーン」冒頭部の一部のみを訳したもので、gale（強風）を Frühlingsluft（春風）にしたほかは、ほぼ忠実に訳している。

なぜ私を起こすのか、春風よ、おまえは戯れて話しかける。私が天のしずくを浴びていると。だが私が枯れるときは近い。私の葉を散らす嵐は近い。明日旅人が来るだろう。私の美しいときに、私を見た人が来て、その目で野原をあちこちと探すだろう。しかし私を見つけないだろう。（オシアンの抜粋）

この「ベラトーン」はオシアンが人生の最後に歌った歌とされている。「ベラトーン」はスカンジナビアの島だ。この歌の内容は、若き日にオシアンが戦士トスカルとともに、父フィンガル王の命によってベラトーンの王を救いに出かけたという英雄譚だ。ゲーテは「ベラトーン」の地名やオシアンを指し示す言葉などは省略し、「私が枯れるときは近い」の部分のみを訳している。これはやがて訪れる別れの比喩になっている。ウェルテルは絶望のあまりロッテの前にひざまずきその両手を取る。これがきっかけとなって、ふたりは強く抱きあい、われを忘れてくちづけを交わしてしまうのである。

72項　ウェルテルの衣装の意味は？〔ロッテ宛の遺書⑤〕

ウェルテルが自殺におよんだのは、オシアン朗読を行い、ロッテと抱きあった日の翌日、二十二日であるが、ロッテ宛遺書の最後に「銃に弾丸をこめた、十二時の鐘が鳴る」とあるので、二十三日の午前零時頃ともいえる。そして亡くなったのは二十三日の正午である。ウェルテルが自殺した際に着ていたのは、舞踏会でロッテと踊ったときの衣装と同じ型のものであり、この服装で埋葬してほしいというのが、かれの願いだった。これは、ゲーテの知人で自殺をしたイェルーザレムと同じようなイギリス風の服装だった。ゲーテはのちに自伝でイェルーザレムについて次のように書いている。

ある公使団に雇われていて、姿がよく、中背でよい体格をしていた。面長というより丸顔で、穏やかな顔つきで、美しいブロンドの若者によくあるタイプであり、ものを語るというよりも人を惹きつける青い目をしていた。服装は低地ドイツ人のあいだでよくあったように、イギリス風だった。青い燕尾服、レザーイエローのベストとズボン、茶色の返しの長靴を身につけていた。（『詩と真実』第十二章）

ここに「低地ドイツ人」とあるが、おおまかにいうと、これは北ドイツ人という意味だ。イェルーザレムは北ドイツの町、ブラウンシュヴァイク出身だった。当時、ブラウンシュヴァイクは、ブラウンシュヴァイク＝リューネブルク選帝侯領（ハノーファー選帝侯領ともいわれる）に所属しており、この地を支配する選帝侯ジョージ三世（1738-1820）は、同時にグレートブリテン連合王国とアイルランドの王でもあった。北ドイツはイギリスとのつながりが深い土地柄だったので、イギリス風の服装が見られたのかもしれない。

では、この服装にはどのような意味があるのだろうか。——『ドイツ十八世紀の文化と社会』によると、十七世紀から十八世紀にかけてのヨーロッパでは、上流階級の紳士服はフランス王ルイ十四世の衣装を手本にした、非常に凝った刺繍の付いた豪華な絹の衣装だった。ドイツでも貴族は競ってこのフランス・モードの服を身につけていた。しかし、十八世紀の半ばを過ぎると、フランス・モードにとって代わってイギリス・モードが好まれるようになる。「イギリス服は着やすく、悪天候に強く、値段はフランス服よりも安いわけではなかったが、ずっと長持ちした」（前掲書524頁）とある。ウェルテルの服は、当時のモードの変化を反映していたといえるだろう。

さらにメッツラーのゲーテ事典（Metzler Goethe Lexikon）で確認すると、Werthertracht（ウェルテル服）という項目があり次のように説明されている。

青い上着に黄色のベスト。ゲーテのヴェツラーでの知人だったカール・ヴィルヘルム・イェルーザレムが自殺したときに着ていた衣類。この人の例にならって、ゲーテがかれの主人公にも着せた。――そしてこれによってファッションの流行を呼び起こした。熱狂的なウェルテル読者が、かれらの文学的偶像をまねて身につけていた。

なお、この項目の執筆者イェースリング（1961-）は、Wertherfieber（ウェルテル熱）という項目も書いている。これによると、ウェルテルの熱狂的ファンは、ウェルテルの服装だけでなく、かれの行動の真似もしていたという。かれらは、絵を描いたりホメロスを読んだり、ウェルテル調で話したり、ひとり森を彷徨ったり、メランコリックな気分に浸ったりした。イェースリングは、このような読者の熱狂は単なる流行であり、「ウェルテルの模倣において、だれの自殺も証明され得なかった」と記している。このイェースリングの指摘は、当時『ウェルテル』を読んだ若者のなかに、その影響で自殺をした者がいた、という通説に疑問を投げかけるものである。私も以前からこの通説の証拠となる書類が果たしてあるのかと思い、文献を読むときに関連記事がないかに気をかけてきたが、現在に至るまで証拠になるものは見つけていない。

73項　『エミーリア・ガロッティ』とは？［編者の報告、1772年12月23日］

ウェルテルの自殺の経緯は、以下のようになる。まずウェルテルが拳銃を打った時刻に、近所の人が閃光と音に気づいたという記録があり、つぎに翌朝六時にかれの召使がウェルテルの自殺を発見し、アルベルト宅まで走ったとある。そして医者が到着して事態を確認、ウェルテルの服装の記述、さらにアルベルトも到着してウェルテルの臨終を見守る、という流れになる。この最後の部分は次のようになる。

その家、近隣、町が興奮に包まれた。アルベルトが入って来た。ウェルテルはベッドの上に寝かされていた。額に包帯が巻かれていた。かれの顔はすでに死人のようだった。手足をぴくりとも動かさなかった。肺だけがまだひどい音を立てていて、その音は弱くなったり、強くなったりした。人はかれの最期をじっと待っていた。
ワインをかれは一杯しか飲んでいなかった。『エミーリア・ガロッティ』が書見台に開かれたまま置かれていた。
アルベルトの狼狽、ロッテの悲しみは言うまでもない。

この後に、ロッテの父親である所領管理官とロッテの弟たちがやって来て、涙を流し、死にゆくウェルテルにくちづけをする。そしてウェルテルは埋葬のために町の外に運ばれる。小説の最後の文は「聖職者はだれも付いていかなかった」である。

このように小説の最後の流れを確認すると、『エミーリア・ガロッティ』という書名がかなり唐突な感じで、しかも重要な部分に置かれていることがわかる。ウェルテルの最期が近いと知った人びとがその時を待つ、その空白の時間帯に、この本の名前がぽかりと浮かんでいるのだ。

では『エミーリア・ガロッティ』（*Emilia Galotti*, 1772）はどのような本だったのか。――これはレッシング

（1729–1781）の戯曲で、内容は女好きの領主の手に落ちることを恐れたエミーリア・ガロッティが父親に自分を殺させるというものだ。手塚富雄は『増補ドイツ文学案内』（56頁）でこの戯曲について「森鷗外によって『折薔薇』として翻訳されていて、日本ではかつて、年配の読者層に親しまれていた」と紹介している。手塚はここでこの戯曲の最後に父親が領主に投げつけるせりふ（「さあ、わたしを連れて行って、わたしを裁かれるがいい――そこであなたはわたしたちすべての裁き手の前に立つのだ！」手塚訳）を「血を噴くような言葉」と評している。ゲーテは自伝で、この戯曲には「位の高い階級の情欲と権謀術数が辛辣に鋭く描かれている」点を指摘し、これが画期的なものだったと評価している。つまり、『ウェルテル』の自殺現場に残されていた本は、貴族階級を糾弾する内容を持っていたのである。

なお、この『エミーリア・ガロッティ』は、イェルーザレムの自殺現場に実際にあったものであり、この青年は作者レッシングと面識があった。レッシングは、一七七六年にイェルーザレムの哲学論考をまとめて出版しており、これは今日でも読むことができる。

ケストナーの報告文の『エミーリア・ガロッティ』に関する部分は、次の通りである。

ワインをかれは一杯しか飲んでいなかった。あちこちに本が散らばって置かれており、かれ自身の書いた論文もあった。『エミーリア・ガロッティ』が、窓際の書見台に開かれたまま置かれていた。その横に、四つ折り版の、指の厚さくらいの原稿があった。哲学的内容で、その第一部あるいは手紙の上に、「自由について」というタイトルが書かれていた。そこでは道徳的な自由がテーマとなっていた。その内容がかれの最後の行為となんらかの関係があるのかを見るために、私は論文の頁をめくってみたが、それは見つからなかった。なにしろ私はあまりにも動揺し驚愕していたのだ。だから何も覚えていないし、懸命に調べたのだったが、『エミーリア・ガロッティ』のどの頁が開かれていたのかもわからない。［1772年11月2日、ケストナーの報告文］

74項　なぜ最後にロッテの家族が出てくるのか？［編者の報告、1772年12月23日］

ウェルテル自殺のあとの「編者の報告」を、ケストナー報告文の当該箇所と比較すると、両者の内容は重なる点が多い。しかし、一箇所だけ大きく異なっている。それは、ウェルテル臨終の際にロッテの父と弟たちの姿があることだ。ケストナーの報告文では、イェルーザレムの死と埋葬は次のように書かれている。

十二時頃にかれは死んだ。夜の十一時四十五分にかれは通常通り教会の墓に埋葬されたが、これは十二のランタンと数人の同伴者を伴ってしめやかに行われた（解剖は行われなかった。帝国式部官庁からの公使の権利への介入が危惧されたからだ）。床屋の職人が棺を担いだ。その前を十字架が担がれて行った。聖職者はだれも付いていかなかった。［1772年11月2日、ケストナーの報告文］

ケストナーはこの後に、この出来事がヴェツラーの人びとに与えた衝撃と、女性たちのかれへの同情心に関して短く記して、報告文を終えている。だが『ウェルテル』の最期は、次のように書かれている。

年老いた所領管理人が知らせを聞いて部屋の中に飛びこんできた。その人は亡くなろうという人にくちづけをして熱い涙を注いだ。その年長の息子たちもやがてかれの足元に来て、ベッドの脇にひざまずき、抑えきれない苦痛のうちに、かれの手と口にくちづけをした。いつもかれが一番愛していた一番年上の息子はかれの唇から離れなかった。かれが亡くなり、人が少年を力ずくで引き離すまで。十二時正午にかれは死んだ。所領管理人の存在とその尽力によって、騒動は鎮められた。夜の十一時頃に所領管理人は、かれが選んだ場所にかれを葬らせた。老人は亡骸に付き添った。そして息子たちも。アルベルトはそれができなかった。人びとがロッテの命を案じたからだ。職

人が棺をかついだ。聖職者はだれも付いていかなかった。〔編者の報告最終部分〕

つまり、このロッテの父親と弟たちの存在は、ゲーテの明らかな創作だ。――私は、これらの人びとをウェルテルがロッテ宛の遺書に書いた「善いサマリア人」だと考えている。

まず、ウェルテルはロッテ宛の遺書で亡骸を守ってくれるよう、ロッテの父親に頼んだと書いている。希望は「教会墓地に二本の菩提樹があるが、その奥の隅、畑に面したところ」に埋葬されることだ。その他の願いは〈淡紅色のリボン〉をポケットに入れた〈ウェルテル服〉のまま葬ってほしいことだけだ。ロッテに遺されたのは、彼女の影絵のみだった。

注目すべきは、このとき、ウェルテルが新訳聖書のルカによる福音書〔10章25～37節〕の「善いサマリア人」と「祭司やレビ人」を比喩として使っていることだ。「善いサマリア人」は、追いはぎに襲われた行き倒れの見知らぬ人に手を差し伸べて、ねんごろに手当てをした人のことだ。「祭司やレビ人」は、その人を見ても道の向こう側を通って行く傍観者のことだ。かれは、自分の死後、祭司やレビ人はかれの墓石の前を十字を切って通り過ぎ、サマリア人は一粒の涙を流す、とロッテ宛遺書に書いている。

おそらく、イェルーザレム自殺のあと、ゲーテは人間の在り方として、「善いサマリア人」と「祭司とレビ人」について考えをめぐらせたのではないか。だから小説の最後にロッテの家族を登場させたのではないだろうか。死んでもだれも悲しんでくれないのは、哀れすぎる。不幸な人のために手当てをし、涙を流す人が必要だ。――ゲーテはそう考えたのかもしれない。

のちにゲーテはワイマル宮廷に使えるようになって「神性」という詩を書いている。この詩は「人間は気高くあれ、人を助けて善良であれ」（小塩節編訳『ゲーテからの贈り物』71頁）という言葉で始まる。「善いサマリア人」の逸話の教えと、この詩が持つ高い道徳性は同質のものである。

75項　なぜニコライはパロディ本を出版したのか？

「はじめに」に書いたように『ウェルテル』は、出版後すぐにベストセラーとなった。この結果、Wertheriade（ウェルテルもどき）という社会現象が生じた。ここではこの現象の顕著な例としてニコライ（1733-1811）のパロディ本を取りあげる。

まずWertheriadeとは、メッツラーのゲーテ事典によれば、ウェルテルを批判する側はパロディを、ウェルテルを崇拝する側は模倣を、エッセイ、詩、戯曲、小説など思いつくかぎりのジャンルで作り出したことを指す。これは書き物だけでなく、絵画や食器の絵にまで及び、一種の『ウェルテル』の低俗化だったとフランクフルト版全集の解説では指摘されている。

予想外の展開でゲーテはさぞゆううつだったと思う。なかでもベルリンの啓蒙主義者ニコライが出した『若きウェルテルの喜び　夫ウェルテルの悩みと喜び　前後に対話』（*Freuden des jungen Werthers. Leiden und Freuden Werthers des Mannes. Voran und zuletzt ein Gespräch*, 1775）にゲーテは心底うんざりした。自伝十三章にニコライのパロディ本に関する記述があるが、これは「書評はあまり気にしなかった。私にとって、ことは完全に終わっていたのだ」という文で始められている。なんとなく強がっているような感じがする文だ。ここでゲーテはニコライのことを「その他の点では有能で功績も知識も豊かなこの男はすでに、そのたいへん偏狭な精神が唯一正しいとした考え方に不適合なものはなんでも押さえつけ、排除し始めていた」と評している。一方ニコライはパロディ本で、『ウェルテル』の作者の文学的技量には肯定的な評価をしており、49項で取り上げた、ウェルテルがロッテの母親のために花束を川に流す場面を褒めたりもしている。

じつはニコライはゲーテが書いたように「有能で功績も知識も豊かな」人物で、ドイツ啓蒙主義を牽引した偉大なる知識人だった。なかでも、書籍業者として書籍や雑誌を世に出すだけでなく、自身で書評誌『ドイツ百科叢書』（*Allgemeine deutsche Bibliothek*, 1765-1805）を四十年間出し続けた業績は大きい。戸叶勝也『ドイツ啓蒙主義の巨人――フリードリヒ・ニコライ――』（84頁）によると、この「様々な知の領域にわたる総合的な書評誌」で「取りあげられた書籍の数は、実に八万冊に及ぶ」といい、「書評者はのべ四三三人で、大学教授、医者、教師、牧師その他、一般的な学識者であったが、皆ニコライの忠実な友人あるいは協力者であった」という。ニコライは多くの困難を乗り越えて啓蒙主義を前進させた、信念の人なのだ。その意味で、ニコライが『ウェルテル』を危険だと察知したのはさすがの炯眼だったともいえる。二十一世紀になったいま、ニコライとゲーテのぶつかり合いを振りかえると、両者ともが真剣に、にっこり笑って敵を切るという風情なのが面白い。人間と人間がぶつかりあっている感じがするのだ。

ちなみにこのニコライのパロディ本はかなり凝った構成を持っている。前後に道徳的な対話があり、それにはさまれて三人称の語りの物語がある。第一章で自殺のためのピストルを貸すのはロッテでなくアルベルトで、かれはピストルに弾丸でなく皮袋に入った鶏の血を入れておく。死なかったウェルテルはロッテと結婚する。次の章は「夫ウェルテルの悩みと喜び」というタイトルを持ち、ふたりの間に子供が生まれるがロッテのお乳が出ない、そこで乳母を雇うが子供は死んでしまうという非常に現実的な話だ。さらにウェルテルは仕事で忙しくて時間がなく、ひとりきりになったロッテは昔のウェルテルのような男性たちに惹かれたりする、という展開になる。この夫婦の危機はアルベルトの忠告によって回避されて、そして第三章のテーマ「自宅を手にいれる」に突入する。これもまたウェルテルの熟慮により解決され、最後にめでたくロッテとウェルテルは幸せになる。――ニコライは真面目にこの筋を考えたのかもしれないが、なんとなく笑える筋立てだ。かれは『若きウェルテルの喜び』の最後に、立派な道徳的な言葉「経験と冷静沈着な熟考がかれを導いた」を記している。これはこれで正しかったと私は思う。

人名索引

〈ナ 行〉

〈ハ 行〉

〈マ 行〉

〈ヤ・ラ・ワ行〉

参 考 文 献

［ゲーテ全集］

Frankfurter Ausgabe: *Sämtliche Werke. Briefe, Tagebücher und Gespräche.* Hrsg. von Waltraud Wiethölter. 1. Aufl. Frankfurt a. M.（Deutscher Klassiker Verlag）1994, 8. Band.

Hamburger Ausgabe: *Goethes Werke.* Hrsg. von Erich Trunz. 15. Aufl. München（C. H. Beck）1993, 6. Band.

Münchner Ausgabe: *Sämtliche Werke nach Epochen seines Schaffens.* Hrsg. von Gerhard Sander. 1. Aufl. München（C. Hanser）1987, 1. 2. Band.

［ドイツ語文献］

Goethe Handbuch. Bd. 4. Hrg. von Bernd Witte. 1999. Stuttgart, Weimar: Metzler.

Metzler Goethe Lexikon. Bd. 4. Hrg. von Benedikt Jeßling, Bernd Lutz und Inge Wild. 1999. Stuttgart, Weimar: Metzler.

Gaskill, Haward: Room at the Inn? Werther in Wahlheim. First published: 21 March 2023.（online）https://doi.org/10.1111/glal.12371（2023年10月21日閲覧）

Möller, Horst: *Fürstenstaat oder Bürgernation: Deutschland, 1763-1815.* 1998. Berlin: Siedler.（Siedler deutsche Geschichte, 7. Die Deutschen und ihre Nation）

Nicolai, Heinz: *Zeittafel zu Goethes Leben und Werk.* 1977. München: C.H. Beck.

［翻訳］

エリザベス・ユウィング著，能澤慧子・杉浦悦子共訳『こども服の歴史』東京堂出版，2016年.

小塩節編訳『ゲーテからの贈り物』青蛾書房，2021年.

オリヴァー・ゴールドスミス著，小野寺健訳『ウェイクフィールドの牧師――むだばなし――』岩波書店〔岩波文庫〕，2012年.

ジャクリーヌ・ド・ロミーイ著，有田潤訳『ホメロス』白水社〔文庫クセジュ〕，2001年.

登張正實［ほか］共編訳『ゲーテ全集』（全15巻，別巻），潮出版社，1979-1992年.

登張正實責任編集『ヘルダー　ゲーテ』中央公論社〔中公バックス世界の名著〕，1998年５刷.

中村徳三郎訳『オシァン――ケルト民族の古歌――』岩波書店〔岩波文庫〕，1997年９刷.

野口薫・沢辺ゆり・長谷川弘子共編訳『ベルリン・サロン　ヘンリエッテ・ヘルツ回想録』中央大学出版部，2006年.

藤代幸一訳『クラーベルト滑稽譚 麗わしのメルジーナ』（ドイツ民衆本の世界／藤代幸一責任編集，1），国書刊行会，1987年.

フライア・ホフマン著，阪井葉子・玉川裕子共訳『楽器と身体――市民社会における女性の音楽活動――』春秋社，2004年.

マックス・フォン・ベーン著，飯塚信雄［ほか］共訳『ドイツ十八世紀の文化と社会』三修社，1984年２刷.

ヨーハン・ヴォルフガング・フォン・ゲーテ著，高橋義孝訳『若きウェルテルの悩み』新潮社〔新潮文庫〕，2005年111刷.

ヨーハン・ペーター・エッカーマン著，山下肇訳『ゲーテとの対話』（全３冊），岩波書店〔ワイド版岩波文庫〕，2001年.

[邦文参考文献]

石田三千雄「ラヴァーターにおける顔の記号学――ラヴァーター観相学の背景とその射程――」『シェリング年報』19, 2011年，120-128.

小塩節『木々との語らい』青蛾書房，2008年.

河合隼雄『影の現象学』講談社〔講談社学術文庫〕，1987年.

剣持武彦「漱石『こころ』とゲーテ『若きウェルテルの悩み』」『上智大学国文学科紀要』3, 1986年, 87-105.

鈴木力衛編『フランス文学史』明治書院, 1990年11刷.

清野智昭『中級 ドイツ語のしくみ』白水社, 2010年4刷.

高山信雄「コウルリッジとドイツ文学（4）クロプシュトック」, 外国語学・外国文学編『法政大学教養部紀要』65, 1988年, 27-46.

手塚富雄・神品芳夫『増補ドイツ文学案内』岩波書店〔岩波文庫別冊〕, 2007年57刷.

戸叶勝也『ドイツ啓蒙主義の巨人――フリードリヒ・ニコライ――』朝文社, 2001年.

長谷川弘子『〈本の町〉ライプツィヒとゲーテ――ドイツ市民文学の揺籃期を探る――』晃洋書房, 2016年.

林久博「Werther は Vorname か Familienname か？ ――『若きヴェルターの悩み』に関する一考察――」, 日本独文学会東海支部編『ドイツ文学研究』51, 2019年, 15-26.

林久博編著『対訳　ドイツ語で読む「若きヴェルターの悩み」』白水社, 2019年.

宮下啓三『ウィリアム・テル伝説――ある英雄の虚実――』NHK ブックス, 1979年.

古澤ゆう子「アリストテレス『詩学』カタルシス再考」一橋大学語学研究室『言語文化』46, 2009年, 95-107.

星野慎一「ゲーテ」, 福田光治・剣持武彦・小玉晃一編『欧米作家と日本近代文学4（ドイツ篇）』, 教育出版センター, 1975年, 48-85.

《著者紹介》
長谷川弘子（はせがわ　ひろこ）
現　在　杏林大学外国語学部教授

主要業績
『ゲーテのことば』（編訳，晃洋書房，2021年）
『「本の町」ライプツィヒとゲーテ――ドイツ市民文学の揺籃期を探る』（晃洋書房，2016年）
『ベルリン・サロン――ヘンリエッテ・ヘルツ回想録』（共訳，中央大学出版部，2006年）
『メドレヴィング――地底からの小さな訪問者』（単訳，三修社，2006年）
『聖書を彩る女性たち――その文化への反映』（共著，毎日新聞社，2002年）
『ドイツ女性の歩み』（共著，三修社，2001年）

『若きウェルテルの悩み』を深掘りする

2024年1月20日　初版第1刷発行　　＊定価はカバーに表示してあります

著　者　長谷川　弘　子©
発行者　萩　原　淳　平
印刷者　田　中　雅　博

発行所　株式会社　晃　洋　書　房
〒615-0026　京都市右京区西院北矢掛町7番地
電話　075（312）0788番㈹
振替口座　01040-6-32280

装丁　野田和浩　　印刷・製本　創栄図書印刷㈱
ISBN 978-4-7710-3787-8